金環蝕（下）

taTsUZo IsHiKawa

石川達三

P+D BOOKS

小学館

目次

金環蝕《きんかんしょく》

まわりは金色の栄光に輝いて見えるが、
中の方は真黒に腐っている。

驚くべき暴挙

九月二十五日午後二時、九州F—川ダム工事に関する指名五社の入札は、静かにとどこおりなく行われた。青山組からは金丸常務が秘書を連れて来た。竹田建設は朝倉専務ではなく、取締役の秋山が秘書と二人できて、無表情のまま規定の書類をさし出した。

何事もなかった。入札が終ると各社の提出した書類は厳封して大金庫におさめられた。それから二時間ばかり遅れて、山ごもりしていた特別作業班の十三人が帰って来た。正岡理事はすぐに総裁室をたずねて、総裁と副総裁とに報告をした。

「入札は、すみましたか」

「すんだよ。万事、予定通りだ」と若松は何か含みのあるような言い方をした。

「そうですか。吾々の方も大体予定通りに行きました。もう山は少々肌寒いくらいでした。……ところでローア・リミットはどうなりました?」

「五本のくじを造ってね、総裁にくじを引いていただいて、七%ときまったよ」

「七%ですか。そうしますと……」と正岡は頭の中でざっと計算して、「そうですか。まあ、

「ほかには、洩れているようなことは無いだろうね」

若松はまっすぐに正岡理事の顔を見た。それは微妙な質問だった。(ほかには……)という言葉は、(外部には)という意味にも取れるが(竹田建設以外には……)と解釈することも出来た。若松はわざと、どちらとも取れるような表現を用いながら、実は深刻な質問をしているらしかった。その用心ぶかい意図を察して、正岡もまた、わざとあいまいな表現を用いた。

「その点は充分気をつけたつもりです。先ず洩れたようなことは無いでしょう」

「洩れたら大変なことになるからね。開けて見て、もしも変なことになっていたら、入札のやり直しをしなくてはならんような騒ぎになるからね」

「大丈夫です。そんなことはありません」と言ってから、正岡は山で厳封して来た予定額の書類を総裁のまえに差し出した。

これは直ぐに金庫に入れて、三十日の開封までは誰にも見せてはならないものだった。しかし正岡理事が報告を終って総裁室を出るまでは、書類は机の上にあった。

翌二十六日の午後一時、役員と技術関係者十四、五人は会議室に集合した。その席上、若松副総裁は昨日の入札のうち、技術関係の書類だけを開封した。いまから三日にわたって、工法や工事予定や付帯工事の計画について、五社の書類を比較検討するのであった。工法の不適当なもの、工事計画のまちがいや不正確なものは、除外されるか、乃至《ないし》は訂正を要求しなくてはならない。ダムの本体となるものは石材である。その石材の切り出しと運搬と積み上げとが、工事の中心になる。そのための道路修理、橋梁《きょうりょう》架設も必要である。書類は五社とも、厖大《ぼうだい》なものであった。

この研究会のなかで中村理事だけは、ひとり何となく興味のない様子をしていた。彼は技術家ではないので、これらの見積書類がよく解らないという点もあったが、それよりも昨日の役員会で決定されたローア・リミットの事を考え続けていた。どうしても腑《ふ》に落ちないのだ。工事予定額が算定されて、その金額からさらに、請負業者の努力を要求して、値引きをさせる。しかし値引きにも限度があって、それ以上の値引きをさせたのでは工事が不安になるというのだ。その値引きの限度がすなわちローア・リミットである。したがってローア・リミットなるものは予定額を基準にして、きちんと算盤《そろばん》で計算できる科学的な数字でなくてはならない。それを昨日の役員会では、六・五%から八・五%に至る五種類の数字を出して、副総裁がくじ引きをやった。それでは値引きは六・五%でもよろしいが八・五%でもよろしいということになる。その差二%。金額にしておそらく八千万円以上の差ができるものを、(どちらでもいいからくじ引きで決めよう)というようなやり方が、果して正当な方法と言えるだろうか。

さらに、昨日の役員会の出席者は、山ごもりした特別作業班が作製した予定額を、表向きは誰も知らない筈だった。予定額は厳封されていて、まだ本社には届いていなかった。その予定額もわからないうちから、請負業者に値引きをさせる率を決定することが出来るだろうか。予定額が大幅に見積られている時には八％、少なく見積られているならば六・五％という風に、全体を見ながらローア・リミットを決定するのが当然の手段ではないだろうか。それを訳もわからずにくじ引きで決定したというのは、公平無私のように見えて実はでたらめなやり方ではあるまいか。……

それはまるで素人のような疑問であったかもしれない。中村理事は辞任した財部《たからべ》総裁派で、若松副総裁とはうまく行かなかった。したがって今回の入札についての機密は一切知らされていなかった。この次の役員改選の時期には、再選されるかどうかわからない。

彼は役員会のなかでは孤独だった。若松を中心にして、F—川の工事に関して何かが行われていることは解っていた。しかし彼には関係がなかった。無関係の者には却って事の本質があやまりなく感じ取られることもある。彼にはローア・リミットをくじ引きできめたという事に、どうしても納得しかねるごまかしが有ると思われた。そして多分、世間一般の人たちも、この事実を知った時には疑惑を感じるに違いないと思っていた。

けれども中村理事は黙っていた。彼は自分の孤独を知っていたし、今から彼の疑問を公表することは、自分の立場を一層孤独にしてしまうものであることも知っていた。

九月三十日の午後一時半、電力建設会社の大会議室で、入札五社の開札がおこなわれた。総裁以下役員の全員が参列し、五社の代表も三名乃至四名ずつが列席していた。部屋の空気はなごやかで、静かだった。それは、もうここまで来てしまえば、どうする事も出来ないというような、一種あきらめの混った静けさだった。

頭の禿《は》げた小島理事が、総裁の指示を受けて退席すると、自分で大金庫まで行って、指名五社の厳封された入札書類をとり出し、それを持ち帰ってうやうやしく総裁の前にさし出した。誰も物を言わなかった。緊張のなかに何となく投げやりな雰囲気があった。書類は厳封されていたが、五社の代表の誰ひとりとして、厳正公平な入札が行われたと信じている者はなかった。多分いろいろな事前工作が行われたに違いない。その事前工作の結果がどう出るかということだけが、この瞬間の興味の中心であった。はたして業界の（黒い噂）の通りに、竹田建設に落札されるかどうか。……

「では、副総裁に開封してもらいます」と、松尾総裁は一座を見まわしてから言った。

若松は無表情に、大型封筒の封を切った。封は古風な赤い封蠟《ふうろう》で固く封じられ、そこに総裁の印がおしてあった。

封を開くとその中に、別の五つの封書がはいっていた。若松はおちついた手付きで一つ一つ封をひらき、五日間なかに収められていた入札書類をひらいた。それからやや声を高くして言った。

「それでは只今から、指名五社の入札価額を発表いたします。

深川組――三十九億六千六百万円。

青山組――四十億八千八百万円。

大岡建設――三十八億九千二百万円。

竹田建設――四十五億二千七百万円。

高田建設――三十九億五千百万円。

入札価額は以上であります」

部屋の中に一種しずかなどよめきがおこった。竹田建設が飛び抜けて高い。一番安いのは大岡建設の三十八億で、竹田との間に六億三千万円もの差がある。これでは竹田に落札されることは有り得ないという風に思われた。二位に高いのは青山だが、それでも竹田との間には四億四千万のひらきがある。

若松副総裁はもう一つの封をひらいた。これは特別作業班が十数日のあいだ山にこもって作製した、電力建設会社の側の工事予定額であった。

「それでは次に……」若松は重い声で言った。「当社が作製しました予定額を発表いたします。総額、四十八億一千万円……」

するとこの会議室のなかに低い呻《うめ》きのような、音にならない音が風のように流れた。電力建設会社が今日まで、こんな大きな工事費を見積ったことは一度も無かった。土建業者という専門家の立場から言えば、非常識な金額だった。こんな金額を見積るくらいならば、何も苦労して工期や工事費を切り詰め、純益を少なく見積った入札など、する必要はなかったのだ。何もかも水増しされている。ところが業者の側は懸命になって切り詰めた入札を行なった。この喰い違いはどうしたことかという疑問が、呻きのような低い音になって部屋のなかに満ちたのだった。

若松副総裁はさらに続けて言った。

「総額は以上の通りでありますが、当社は去る二十五日、入札の日の役員会に於きまして、この予定額に対するローア・リミットを決定しました。これは厳正公平な手段をもって、六・五%から八・五%に至る五種類のくじを造り、くじを引くことによって決定しました。その結果、ローア・リミットは七%となりました。

依って、予定額四十八億一千万円から七%を引きまして、四十四億七千三百三十万円。これを以て入札の最低価額といたします。

これによって、五社の入札価額と比較いたしますと、深川組、青山組、大岡建設、高田建設の各社は、ローア・リミット以下となりまして、従って失格となります。竹田建設会社一社だけが、四十五億二千七百万円でありますから、当社のとりきめました四十四億七千三百三十万円を越えておりまして、有資格者となります。

以上のような次第で、当社が建設いたします九州F——川のロックフィル・ダム工事は、これを竹田建設会社に請負っていただくということが、決定いたしました。御承認をお願い申します」

若松副総裁は一気に、まるで宣言するような強い言い方で、これだけのことを言い終ると、自分の前にある入札書類を手早くかたづけて行った。だがそのとき、この会議室のあちこちから、低い笑い声がきこえた。

それは失格した各社の落胆した気持から出る笑いではなかった。もっと複雑な、嘲笑とも聞えるような笑い方であった。電力建設会社が計画した苦心のからくりが、ここで暴露したのだった。

山ごもりした作業員たちが造って来た予定額は、おそろしく水増しされた金額、四十八億という呆れる程の金額だった。それは業者の側の計算よりも八億乃至九億も高い。それを基準にして算出したローア・リミットでさえも、四億乃至五億円も高くなっている。こんな馬鹿なことが有るだろうか。……

だから、五社のうちの四社はローア・リミットよりもはるかに低い金額で入札してしまった。F――川ダムはそれら四社の入札価額で、立派に築造することが出来るのだ。しかし彼等はみな、枕をならべて失格してしまった。ただひとり竹田建設だけが飛びはなれて高い四十五億二千七百万という入札をおこない、無競争で落札と決定したというのだ。

これがごまかしでなくて何であろう。入札とは、一番安い価額を提出した者に落すというのが、昔から今日まで続いた常識であった。ところが今回に限り、一番高い価額を提出した者に落札されたのだ。それも五千万や六千万ではない。二位の青山組との間にも四億四千万円のひらきがある。これは一種の暴挙であった。そして、この差額こそ竹田建設が約束したと噂される政治献金であるに違いない。要するにこれは土建業界の入札ではなくて、政治的入札であったのだ。

「本日の開札は以上をもって終了いたしました。皆さん御苦労さまでした」と、若松が大きな声で言った。

うす気味のわるい、嫌な笑いやささやきの声を、一度に押しつぶそうとするような言い方だった。長くつらねた机にむかって一列にならんでいた五社の人たちは、複雑な表情を見せて立ちあがった。みんな解っていたのだ。必ず何かやるだろうとは思っていた。それが、こんなかたちで現われたことがおかしかったのだ。ごまかしのお芝居だった。青山組の金丸常務は竹田建設の秋山取締の背を、軽くぽんと叩いた。そして何も言わずに会議室を出て行った。(やったな……)という意味が含められていたようだった。

会議が終ったあと、秋山取締だけは居残って、総裁の部屋へあいさつに行った。そこには副総裁も来ており、そして朝倉専務がちゃんと来て待っていた。

「どうも有難うございました」と朝倉は総裁と副総裁とに頭を下げて言った。「……いや今度はどうも、むずかしかったですなあ。こんな難かしい入札はやったことがありませんよ」

朝倉は細い顔を皺《しわ》だらけにして、笑っていた。

「まあまあ、一応予定通りでな」と松尾総裁は一向に意に介していないという風な、ゆったりした言い方をした。

しかし若松は渋い表情だった。いまになって彼は、今後のなり行きを心配しているのだった。金額があまりに違い過ぎる。業界にひろまっている悪い噂は、これで裏書きされたようなものだった。新聞が書き立てるかも知れない。その時に、どこまでも正当な入札をやったのだと言いきることが出来るだろうか。

業者がまじめに計算した工事費というものは、それほど大きな差がつくものではない。現に最少額の入札をした大岡建設と高田建設との差は六千万円、高田建設と深川組との差はわずかに千五百万円しかないのだ。これらは専門家の眼からみて何れも妥当な数字であった。

妥当な数字が失格になったというのは、電力建設側の予定額が水増しされていたことと、従ってロー・リミットが不当に高額なためだった。このロー・リミットは決して本当の意味のロー・リミットではない。それ以下の金額でも立派に工事は出来るのだ。つまり電力建設会社は安く出来る工事に、わざと沢山の費用を注ぎ込もうとしているのだった。

その夜、赤坂の初秋の宵に車をつらねて、料亭菊ノ家に集まったのは、松尾総裁と若松副総裁、竹田建設の朝倉専務と社長の竹田信次という老人の四人だった。若松は女中にむかって、

「どこからか電話が来るかも知れんが、われわれは誰もいないと言ってくれよ。いいか。新聞記者がうるさく電話をよこすかも知れんが、一切言っては困るよ」と申しつけて置いた。

今度の入札に一番骨を折ったのは若松であった。彼は竹田からそれだけの報酬は得ていた。

しかしあの入札の結果について、一番心配しているのも彼であった。ごまかしの入札の結果が、あれほどはっきりと出て来たことに、彼は困っていた。竹田と青山の差が四億以上もひらいているのに、高い方の竹田に落札したということになっては、世間の疑惑を防ぎきれないような気がしてならなかった。

竹田社長は持って来た桐箱入りの軸物を、今日のお礼にと言って松尾総裁にさし出した。総裁がひらいてみると、鉄斎の見事な山水の一幅であった。

翌十月一日の午後、朝倉専務は車で永田町の総理大臣官邸を訪問した。受付で官房長官に面会を申し入れると、直ぐに奥の方のうす暗い応接室に案内された。

官房長官は来客中で、二十分ばかり待たされたが、やがて片手をポケットに入れた気取った姿ではいって来た。ひどくにこにこしていた。

「やあお待たせしました。例の一件、どうやら旨く行ったようですな」と彼はソファの上で足を組みながら言った。

「お蔭さまで、良い都合にしていただきました。いろいろお口添えを頂きまして、有難うございました。早速ですが、その節お約束申しましたものを、お届けに参りました。遅くなって申訳ありません」

彼は丁重にあいさつして、白い封筒を長官のまえに押しやった。中身は一億円の小切手五枚であった。金額が多すぎるので、わざと五枚にわけて持って来たのだった。

「いや、どうも有難う。いずれ総理からも御あいさつが有ると思います。社長によろしく」と長官は簡単に言った。

政治献金という美名のもとに、五億という巨額のかねが動いた。F—川のダム工事にからんで、稀《まれ》に見る大きな汚職事件が、総理大臣と官房長官と電力建設会社と竹田建設会社との間で、遂に実行されてしまった。

総理病に倒る

竹田建設がF—川ダム工事を請負うことに決定したという報道は、十月一日の朝の新聞に一斉に書かれていた。記者会見をしたのは若松副総裁であった。当然、経済記者たちの無遠慮な質問は、なぜ最高の入札をした竹田に落札されたのか、という問題に集中された。

「それは結果において、そうなったのでありまして、その間に何等の不正もある訳ではございません」

「結果がそうなったことは解っていますが、電建作業班がつくった予定額が非常に厖大なものだという事に問題がありはしませんか。少なくとも青山組や深川組程度の金額で工事はやれるんじゃないんですか」

「いや、それは疑問があります」

「さっき深川組の人に会って聞いてみたんですが、あの予定額は無茶苦茶だと言って、笑っていましたが、その点はどうですか」

「深川組はロックフィル・ダムの経験がございません。そのために工事費や資材費を少額に見積っているようですが、実際はあの程度では完全な工事をやることは困難だと思います。ダムは文字通りに完全な工事をいたしませんと危険ですから、吾々としましてはいい加減なことは出来ない訳です」

「竹田建設が一つだけ飛びぬけて高い入札をした事について、予定額が竹田に洩れていたのではないかという疑惑をもたれているようですが、その点はどうですか」

「吾々は厳重に秘密を守って来たわけでして、そういう事は断じてないと信じております」

「竹田がどうしてあんな高い入札をしたか、という点ですが、それはどういう訳でしょうか」

「竹田建設がロックフィル・ダムというものをよく研究した結果の、良心的な数字であろうと思います」

「一説によると、作業班が山から降りてきて、予定額を封入した封筒を総裁にわたしたとき、それは当然すぐに金庫に入れられる筈なのに、一日か二日か総裁がポケットに入れて持ち歩いていたという話があるんですが……」

「そういう事は絶対にございません。たとい総裁が持ち歩いていられたとしても、入札はすでに終っておりますから、何の意味もないことになります。総裁は非常に正しい性格のかたですから、そういう事は有り得ません」

「しかし何れにしてもですな、最高額を入れた竹田が落札したということは、やはり問題じゃないでしょうか。入札ということの常識に反すると思うんですがね。前例がないでしょう」

「それは結果においてはそうなりましたけれども、今回の入札の方法には前例もあることですし、入札のやりかたが悪かったという訳ではございません」

「世間が疑惑をもつだろうということは、考えられますね。何か裏があるんじゃないかという風な……」

「裏も表もございません。吾々は正規の手続きを忠実にやった訳ですから……」

「財部前総裁が突然辞職されたのは、どういう訳ですか」

「辞表はたしか、一身上の都合により——となっていたと思います。財部さんも疲れておられたようですから……」

「工事はいつから始まりますか」

「実は地元の補償問題などでまだかたづかないものがありますので、その方がかたづき次第、早急に着手してもらう予定です」

「水利権はおりましたか」

「目下折衝中であります」

新聞記者たちは無遠慮な質問をつづけていたが、しかし政治献金云々に触れたものは無かった。それは彼等の礼儀、乃至は慎重さであった。疑獄事件を思わせるような言葉は軽率に口にしてはならないからだった。

竹田建設が最高の入札で落札したということは新聞に報道されたが、世間は騒がなかった。その事と政治献金とのつながりは、一般には知られていなかった。そして土建業界はほとんどその全貌を知っていたが、騒ぎ立てる者は無かった。彼等自身、こんな大きな事件ではないまでも、工事や入札については、世間に知られたくないような事を、たびたびやっていた。騒ぎ立てれば、これから先の仕事がしにくくなるだけの事だった。

この入札についての疑惑は、古垣常太郎の政治新聞としては、大袈裟に書き立てるのがいつものやりかたであった。しかし開札から三日たち五日たっても、彼の新聞にはそれらしい記事は見えなかった。僅かにF—川ダム工事は竹田建設に決定したという報道しかなかった。

言うまでもなく古垣は、いつものように怪しげな流言や不確実な消息を掻きあつめてはいたが、それはそっくり資料として神谷《かみや》直吉代議士に売っていた。彼は神谷から七万円乃至十万円程度の（調査料）を受け取ったらしかった。新聞に書くよりも、この方が手っ取り早いもうけだった。

しかし古垣常太郎よりももっと正確な調査資料をあつめているのは、石原参吉であった。彼が調査を命じた二人の調査員は、入札の直前ごろに竹田建設の重役たちと電力建設会社の理事たちが、ほとんど毎日のように連絡しあっていた事実をつきとめていた。或る夜は竹田建設の社長の持っている逗子《ずし》海岸の別荘、また次の日は朝倉専務の自宅という風に、あまり人眼につかない場所をえらんでいた。

どのようにして予定額を竹田に洩らしたか……という方法は解らないまでも、人の動きを調べて行けば、(何か)が行われたに違いないという結論は出てくるのだった。

そうした中央の動きとは別に、九州のF—川の現場ではまた別の動きがあった。竹田建設が最高額で落札したということが、地元の鬱積していた不満に火をつけることになった。

(こんな馬鹿な入札は聞いたこともない。何か変な事があるに違いないんだ)

(残存部落の補償もまだ残っている。電力建設には誠意はない。やはり地元の電力会社にやらせた方がよかった)

(竹田なんかやめて、地元の土建業者にやらせろ)

(県庁は水利権を許可するな。万事はっきりするまでは、許可するな)

そういう騒然とした反対の声があがり、代表者が県庁へ談判に行くという事件もあった。鉱区の三分ノ一が水没する堂島鉱業に対しても、まだ一銭の補償金も出されてはいなかった。したがって竹田建設は、落札はしたものの、工事に着手するという段取りにはなっていなかった。今度は竹田の方が電力建設の理事者たちにむかって、一日も早く水没地域の問題を解決し、水利権を取ってくれという要求を持ち出す立場になっていた。

その頃から業界の一部に、あたらしい噂がながれ始めていた。(F―川ダムの工事が竹田に落ちたのは、他からの圧力があったからだ。寺田首相夫人が自分の名刺を秘書官に持たせてやって、電力建設会社の総裁に圧力をかけたのだ)……

その噂は、どこから出たものか解らなかった。財部前総裁が誰かに洩らしたのか、それとも財部からその名刺を見せられた古垣常太郎がしゃべったのか、あるいは財部派の理事の誰かが言ったのか、出所は不明であった。

しかしそれが事実とすれば、今回の奇怪な入札結果を理解する一番良い手がかりになる筈だった。(どうせそんな事だろうと思った。そうでもなかったら、あんな馬鹿な入札結果が出る訳はないんだ)(いや、あの女は出しゃばりだからね。その位の事はやったろうよ)(寺田総理は総裁選挙のとき、ものすごい買収費を使ったからね。いずれはかねのからんだ話だよ)

業界のうわさ話は、すぐに新聞記者仲間に伝わる。しかし証拠のはっきりしない噂は、そのまま新聞記事にはならない。噂は次第にまことしやかな(尾ひれ)をつけられながら、新聞記者から世間に伝わり、国会議員のあいだにも広まって行った。

十月六日、寺田総理大臣は民政党北海道支部の大会に招かれ、飛行機で出発した。北海道には炭鉱が多く、大きな製紙会社もある。そこには組織労働者が相当数あって保守党勢力がいつも進歩政党に押されているような傾向があった。国鉄労組、教職員組合、室蘭《むろらん》の工場労働者の組合、港湾労働組合等々も活潑《かっぱつ》に動いている。北海道の保守党地盤をどうやって守るかということは、民政党の一つの悩みであった。

寺田総理がわざわざ大会に出席し、さらに函館《はこだて》と小樽《おたる》とで演説をしたのは、保守党勢力を維持するための工作であった。それは遠からず行われる総選挙の事前運動の意味をもっていたし、その選挙の結果として国会の中の党勢力が増加すれば、したがって寺田総理の政権が安定するという計算もあった。

十月八日午後六時、総理は予定をおわって札幌《さっぽろ》飛行場から帰京の途についた。一行七名。その中には星野官房長官もまざっていた。寺田総理は六十六歳。面長で大きな眼をしていた。その眼つきは老獪《ろうかい》で、あたたかさに欠けていた。野心的で冷酷な顔だった。その顔に旅のつかれがあった。飛行時間はわずか一時間であったから、夕方ではあったが食事はしなかった。林檎《りんご》を二、三切れと、それに疲れ休めにハイボールを一杯飲んだばかりだった。しかし飛行機に乗る前に（お別れパアティ）があって、その席では立ったままで二合ばかりの日本酒を飲んでいた。

七時、日の暮れた羽田に着陸。そこで彼は一行と別れて独りきりになった。官邸から車が来ていた。彼は官邸へは帰らず、羽田からすぐ横浜へ出て、それからまっすぐに湘南《しょうなん》を西に、藤沢、大磯、小田原を通って箱根にのぼった。警視庁の車が一台、ずっと先導して行った。車のなかで総理はすこしばかり居眠りをしていた。

箱根仙石原の丘の上に、総理の別荘があった。これは自分の所有ではなくて、財界の某氏から、(自由にお使い下さい)と言って提供されたものだった。別荘についたのはもちろん九時にちかく、山の空気は冷えて寒かった。夜の箱根は原始のままの暗黒をたたえていて、東京では味わえない静寂があった。

夫人は東京の公邸の方にいて、ここには来ていなかった。五、六人の召使だけが総理を迎えた。彼は直ぐに入浴して日本間で軽い食事をとった。食事のあいだに官房長官から長距離電話があった。総理はこの食事のときにまた葡萄酒をグラスに四杯ほど飲んだ。十時すぎ、何ごともなく就寝。

翌朝七時起床。七時二十分ごろから和服に下駄を突っかけて庭を散歩。このときしきりに首を動かしていた。召使の女はきっと総理は肩が凝っていらっしゃるのだろうと思っていた。散歩は二十分くらい。それから廊下の籐椅子《とうい す》に坐って抹茶を一服したが、この時もたびたび首を動かしていた。顔色に疲れが見え、いつもの大きな眼がいくらか鈍くなっていたようだった。この山では新聞の配達がおそいので、椅子に坐って煙草をくわえてしばらくぼんやりしていた。

八時二十分ごろ朝食。日本間の大机で、きちんと正坐して、牛乳をたくさん入れた珈琲《コーヒー》をすこし飲んだ。オートミールが出されたが、総理はしばらく見ていただけで、手をつけなかった。それから半熟卵の殻を割り、小匙《こさじ》を手にしたが、その匙が音をたてて机に落ちた。総理は両肱《りようひじ》を机につき、両手で頭を支えた。

「どうかなさいましたか……」と、給仕の中年の女が声をかけたが、総理は答えなかった。肩がゆらゆらと揺れていた。彼女は隣の部屋にむかって大声で叫び、総理の肩を抱いて倒れるのを支えた。総理はひとことも口を利かなかった。ただ全身から力が抜けて行くのが、給仕の女には眼に見えるような気がした。

その場所にすぐに牀《とこ》をのべ、できるだけ動かさないようにして、男女四人の召使たちが静かに総理を寝せた。昨夜、車の先導をして来た警備の警察官が、地元警察に連絡して至急に医者の手配をたのんだ。塔ノ沢の医者が警察のジープに乗って仙石原にいそぎ、一方小田原の医者が看護婦をつれて、大いそぎで仙石原に向った。東京にも電話の連絡をして、かかりつけの医者に至急の往診をたのむことが出来た。

九時すぎに塔ノ沢の医者が着き、十時には小田原の医者と看護婦とが到着した。そのあいだにも連絡を受けた東京の政府閣僚、官房長官などから絶え間なしに電話がかかって来た。

寺田総理の症状は脳溢血《のういっけつ》とは違っていたが、故障が脳にあることは確実と見られた。二人の医者は脳軟化症と診断したが、なお東京の主治医の到着を待って万全の処置をとることにしていた。

正午ごろから新聞社の車が次々と山を登って行った。それと前後して閣僚や党の首脳部の人たちも何人か駆けつけて行った。総理の別荘には臨時電話が五本も引かれ、党本部の手配で、近処のホテルの十一室を借りきって来訪者の接待にあてたりしていた。財界からも見舞の人たちが続いた。

星野官房長官は首相官邸にあって、外部との応対にいそがしかった。この日、政府は臨時休業のような状態におちいり、首相の病状がはっきりするまでは何事も手につかないという有様だった。

午後一時四十分、官房長官は記者会見をおこない、正式に容態を発表した。

「寺田総理大臣は昨日夕刻北海道から帰京、ただちに静養のため箱根の別荘に行かれました。そして今朝八時半ごろ、朝食の途中において、突然不快を覚え、意識がやや溷濁《こんだく》したような御様子でありました。小田原、東京等から至急医師の往診を求めたのでありますが、目下のところ軽微なる脳軟化症の兆候があると診断されております。なお精密な検査を待って一層はっきりした容態が判明すると思われます。現在のところ体温、脈搏《みやくはく》、呼吸等には大きな異状はみとめられず、言語やや不明瞭、軽微なる運動機能の障害がみとめられるという程度であります。今後の見透しについてはまだ正確な診断は不可能でありますが、二週間乃至三週間の加療によって相当程度恢復《かいふく》されるものと考えられます。……以上であります」

それから同じ日の夕方の七時と、翌朝の十時という風に総理の容態を発表する記者会見がくりかえされた。発表の内容はほとんど変らず、軽微なる脳軟化症というだけであったが、東京からは次々と有名な医者が呼ばれて行った。本当の病状は発表されているよりも重症ではないのかと、疑われるような節もあった。

五日目になってから、総理のからだは東京から呼んだ寝台自動車に移され、警察の自動車三台が護衛について、静かに山をくだり、国道一号線を徐行しながら、三時間ちかくもかかって東京に着いた。車には医者が二人同乗していた。

そのまま総理は東大病院特別病室に入院。面会は厳重に禁止されていた。そうした動きが何かしら慎重で、重苦しかった。彼の脳軟化症は必ずしも軽微とばかりは思えないような気配が感じられた。政府部内では首相代理を置くか置かないかという相談がはじまっていた。二、三週間の加療によって恢復するものならば、首相代理の必要はない筈だった。

電力建設会社の若松副総裁は、この政界の一つの事故を、自分の腕椅子に坐って静かに見まもっていた。寺田総理が総裁選挙に勝ったのが五月である。それから僅か四カ月にしかならない。もしも総理の病状あつく、再起不能ということにでもなれば、あの大金を湯水のように使った選挙も、それに続く政治献金のはなしも、F——川ダム建設についての不正入札の一件も、財部前総裁に詰腹を切らせたような事件も、何もかもがむなしいものになってしまうような気がするのだった。

政界というところが、そうしたはかない足場の上に築かれたものであることは、彼自身よく知っていた。今の通産大臣にしたところで、もしも総理が再起不能であれば、たちまち総辞職ということにもなり兼ねない。最高の栄誉にかがやく大臣という地位そのものが、まことに不安定な権力の場に過ぎないのだった。

通産大臣がかわれば、電力建設の総裁もかわるかも知れない。副総裁自身さえも、変えられる場合も無くはないのだ。地位と云い栄誉と云い、それらの多くは自分で自分の足の上に築いたものではなくて、一つの既成の組織機構によって危うくも支えられているようなものであった。

松尾総裁が通産省から帰ってきて、いきなり若松の部屋の扉を叩いたことがあった。

「いま聞いて来たんだがね、君、総理はどうも、あまり良くないらしいな」と彼は沈んだ声で言った。

松尾総裁は、寺田総理の口利きで、総裁に任命された人だった。任命を受けてから、まだ一カ月半しか経っていなかった。

怪物と正直者

寺田総理が入院してから数日後に、台湾の東方海上を北西にすすんでいた台風二十二号が、沖縄の北で急に進路を転じ、九州の南方に上陸した。

九州の暴れ河という異名のあるF—川は豪雨のために氾濫し、下流の田畑は相当の被害をうけた。上流にダムが出来れば氾濫は防ぎ得る筈だった。下流の農民のあいだからは、ダム工事をいそいで貰いたいという要望がおこって来た。（県当局は早く水利権を許可せよ。水没地区の住民はいつまでも慾張った交渉をしていないで、早く立ち退いてくれ）……

おなじ流域の住民のなかでも、彼等の利害は相反していた。県当局は水利権を許可しなくてはならない。しかし竹田建設の不当な入札価額が、いつまでも釈然としない怒りを彼等の心に残していた。

台風は九州から四国の沖をかすめ、さらに紀伊半島のはなをかすめて東方海上に去って行ったが、関東地方も豪雨に見舞われ、東京の下町では浸水家屋数千戸と報道された。その台風が去って秋晴れを迎えた日の午後、総理官邸の秘書官西尾貞一郎は、思いがけない人からの電話を受けとった。相手の声は受話器のなかから、まるで鉛のように重く濁った調子できこえて来た。それは聞き忘れることの出来ないような声だった。西尾は背筋に一種の戦慄を感じた。

「西尾さんかね？……秘書官の西尾さんかね？……ああ、私は石原参吉という者だが、覚えておいでかな。五月ごろだったか、あんた、私の事務所へ来たことがあったでしょう。星野さんのお使いでなあ。……あの時はどうも、折角の御用件をおことわりしてな、相済まんことだったが、今日はひとつな、私の方からあんたに頼みたいことが出来てなあ。今晩あたり何とか都合をつけてくれませんか。え？……二、三時間なあ。どこかでひとつ、ゆっくり晩飯でも食いながら、あんたから話を聞かせて貰いたい事があるんですよ。なあに、大した事じゃないがね。ぶらっと来て下さればいいんだ、但しこれは内証ですよ。星野さんとは関係のないことだから……。

え?……遅くなる。ああ、総理が病気だからね……。なるほど。遅くてもいいさ。待ちますよ。八時でも九時でも、ねえ。二人きりだ、私と。誰も居やしない。あんた何が好きかね。洋食とか日本食とか中華料理とか……。え?……ああそう。車をね、迎えにやってもいいが、人眼につくからね。すみませんがタクシーで来て下さいよ。悪いようには致しません。勝手を言って申し訳ないが、それじゃ八時にね、先に行ってお待ちしていますよ。ええ、どうも……」

押しつけがましい男だった。その押しの強さに、気の弱い西尾は押しきられたかたちだった。約束の場所で会えば、やはり同じように押しきられてしまうだろうことが、予測された。したがって西尾は気が重かった。それでも断わりきれなかったのは、やはり石原を恐れていたからだった。相手は何をするか解らない男だ。前科四犯。悪名は日本中に知れわたっていた。しかも官房長官の使いで借金に行ったということが、西尾の側の弱味だった。実は官房長官の弱味であるが、彼がそれを肩替りしているような具合だった。

官房長官には関係のないことで、(これは内証ですよ)と参吉は言ったが、西尾は心配だった。長官に相談してみようかとも思ったが、長官は総理の病気のために平素の倍も忙しかった。石原参吉が何を聞きたいというのか、その内容はわからなかったが、西尾は行く前からこわかった。このまえ石原の事務所を訪問した時の印象では、まるで冷たくてねっとりとした粘土のような男だった。重くて、不透明で、底の知れない人物だった。一見鈍いようにみえて、他人の腹の底までも見すかすような鋭いものを持っている。気味のわるい男だった。西尾は自分が、とうていあの男とは太刀打ちできないことを知っていた。だから行くのが怕《こわ》かった。

午後六時になると、その日の用事は終った。彼はひとりで歩いて官邸を出た。日暮れがたで、官邸の横の坂の下に見える溜池《ためいけ》の街々には、もう灯がついていた。彼は坂道をくだり、公衆電話から自宅に電話をかけた。自宅は郊外の小さな団地のなかのアパートだった。妻と、子供がひとりある。六畳二室に台所兼食堂がついている。

「ああ、おれだ。変りないか」と彼は言った。

「ええ別に。……どうかしたの？」と若い妻は言った。

鼻にかかったふっくらとした声だった。

「いや、どうもしない。夕飯、いらないからね。ちょっと人に呼ばれているんだ」

「ああそう。遅くなりますか」

「うむ……十時半か、もう少し遅いかな」

結婚して四年半になる。妻はすこしぼんやりした気の利かない女だった。神経質で気の弱い西尾には、却って妻のおだやかでにぶい性質が救いだった。先廻りして気を使うというようなことの出来ない、何もかも手遅れになってしまうような女だった。ときおり西尾は妻の勘の悪さに腹を立てるのだったが、おひとよしで憎めない妻だった。

溜池から、彼は歩いて銀座に出た。石原との約束の時間まで、何をすることもなかった。しかし不安で、いらいらしていた。喫茶店にはいって独りで珈琲をのみ、街の靴屋を見て歩いた。

それからまた昭和通りを横切り、新橋演舞場の近所まで行き、約束の家を探した。古びた造りの、あまり大きくもない料亭だった。時計はまだ七時三十五分である。彼は付近を散歩して時間を潰し、煙草を買った。

石原参吉は先に来て待っていた。ずんぐり肥ったからだにネクタイをだらしなく結び、いつも唇を半分開けたようなだらけた顔をしていた。隙だらけのように見えて、実は老獪きわまる計算をめぐらしているような男だった。赤坂の萩乃のほかにも妾宅《しょうたく》を二軒持っていた。その女たちがすべて、彼の手先だった。好色のように見えて、好色が手段にすぎなかった。

十二畳の座敷に四畳半の次の間がつづき、金屏風《きんびょうぶ》が立ててあった。香を焚《た》き、菊が生けてあった。こういう座敷の正座にすわらされたことだけで、西尾は固くなっていた。内閣秘書官という肩書きは立派でも、秘書官のなかの一番下級にいて、内容はただの勤め人にすぎなかったから、こんな晴れがましい席に坐った経験はほとんど無かった。

芸者がひとりだけ席に来ていた。西尾の来着を待っていたように、次々と料理がならべられ、ビールとウイスキイと日本酒とが用意されていた。

「今日は僕に、どういう御用だったんですか……」と西尾は居心地のさだまらぬ気持で、どもりながら言った。

「なに、別に大した事じゃありませんよ。総理が御病気で、官邸は大さわぎでしょうな。あんたはどういう風に聞いていますか、総理の病状をね」

「くわしい事は僕らには解りませんが、二、三週間で退院じゃないんですか」

「いや、そうじゃないね。新聞に発表されていることは、政界の混乱をおそれて、極く内輪な言い方をしているらしいがね。寺田さんはね、あれは先《ま》ず再起不能ですよ。すくなくとも総理大臣という激務がつとまるような躰《からだ》じゃないんだ。いまのところまだはっきりと口が利けない。それからね、運動障害って言うのか、物が握れない。指がだめなんだね。治るのには何カ月もかかるし、治ったにしても役には立たんね」

「それを、どうして御存じなんですか」と西尾は驚いて言った。そんな記事はどこの新聞にも出ていなかった。

「どうしてって、あんた、私はみんな知っていますよ。知る必要があるからね。第一、寺田さんの病状は株にひびくからね。一時間でも早く知った者が勝ちだ」

「御自分でお調べになったんですか」

「人を使って調べさせていますよ。ぼんやりしていたら損ばかりしなくてはならんからね。まあひとつ、飲んで下さい。あんたは相当飲める方かね。……ところであんた、例の入札の一件だがね」

「入札って申しますと……?」

石原参吉は筋肉のたるんだ頬に暗い笑いをうかべて、「ふむ、あんたは私を警戒してるんだね」と言った。「私は誰にもしゃべりゃしないよ。今夜のことはすべて内密だ。この妓《おんな》はね、これは心配しなくても宜しい。だから何でも気楽に教えて貰いたいんだ。あんたに損のかかるような事はしやしないよ。入札って言うのはね、八月の七日か八日ごろ、あんたは官房長官のお使いで、電力建設会社の財部のところへ行ったでしょう。……あれだよ」

西尾秘書官の顔に狼狽の色が見えた。彼自身はほとんど忘れていた事だった。

「あの時、あんたはね、財部にどういう事を言ったんだね。それを聞きたいんだ」

「それが、石原さんと、どういう関係があるんですか」

と彼は辛うじて言った。

「だってあんたはね、五月二十六日の午前十一時だ。私のメモに書いてある。星野の使いで私のところへ来ただろう。二億円借りたいと言ってなあ」

「はあ、参りました。しかし、それと財部総裁にお会いしたことと……」

「みんな関連があるんだよ。あんた、知らなかったのかね。問題はね、五月の総裁選挙のとき、寺田さんは十六億とか十八億とかいうかねを使ったね。そのあと始末なんだ。あんたは知ってる筈だ」

「いえ、僕はそんな事は何も知りません」

「ふむ……まあね、あんたは知らんかも知れんが、とにかくあんたは八月に財部に会った。そのときの星野さんからの伝言というのは、どういう事だね。それが知りたいんだよ、私はね」

「しかし、それは御勘弁下さい。僕の口から言うわけには行きません」

「あんたがしゃべったなんて、私は誰にも言いはしないよ。要するに星野はね、財部をおどかしたんでしょう。そうじゃないかね」

「石原さん、でも、それは僕は……どういうことだったか、忘れました」

「嘘を言いなさい。あんた気が小さいね。私はね、次第によってはおかねを出してもいいんだ。二十万でも三十万でも差し上げるよ。私は資料を買いたいんだ。黙って売ったらどうです。……あんたはね、自分ひとりで秘密を守っているつもりだろうが、秘密なんていうものは必ず外に洩れるもんだ。私は星野でも寺田でも、ちかごろ何をやっているか、たいていの事は知っているよ。

あんたはね、星野の使いで財部に会ったときに、寺田総理の奥さんの名刺を持って行ったね。え？……その名刺がいま世間で大問題になっている。御存じか？」

西尾秘書官は眼を据えて、化けものを見たときのような恐怖の表情になった。彼は総理を頂点にしたこの汚職事件などはほとんど知らなかったが、自分がその渦中にまき込まれて一役買わされたらしい事だけは、ようやく少し解って来たのだった。

「総理の女房が名刺を出した……」と石原参吉はそばの芸者に酌をさせながら、低く沈んだ口調で言った。彼はすこし酔って来たようだった。「……つまり今度のダム工事の入札には、総理の女房がじかに関係しておる。何であの女房が土木工事の入札に関係するか。……ねえ西尾さん、面白いじゃないか。こんな面白いことは滅多にないよ。あんたはね、その名刺を総理の女房から直接に受け取ったのかね。それとも星野から持って行けと言われたのかね」

「官房長官です」と西尾はうつ向いて言った。

「ふむ……そうだろうな。星野の策略だ。星野が総理の女房に談じ込んで、名刺を出させたんだな。もっともあの女は、これまでにも何度か名刺を出しているよ。そういう女だ。……ところであんたは財部に、どういう伝言をしたんだね。ダム工事を是非とも竹田建設にやらせるように、協力しろというのかね。それとも何かおどかしたのかね」

「いえ、そんな事は言いません」

「すると、要するに、よろしく頼むということかね」

「万難を排して、御協力下さるように……」

「そう言ったのかね」

「はい」

「なるほど。わかりました。ところが財部は言うことを聞かなかった。気の強いやつだね。そこで直接監督の立場にある通産大臣が財部をよびつけて、辞表を出させたという訳だな。もちろん星野と大川とは一つ穴のむじなだ。なあ西尾さん、まあ、しばらく見ていなさい。これは大事件になるよ。寺田総理はいまの病気がなおっても、二度と政界には出られないね。

もちろん政府の連中はこの事件を揉み消しにかかるだろうさ。しかし是れには証拠がある。

……解るでしょう、寺田の女房の名刺という証拠がある。多分名刺はいま財部が持っているだろうと思うが、この名刺が法廷に出されたら、寺田総理も女房も、有罪だね」

石原は声をあげて笑った。まるで洞穴《ほらあな》の底からひびいて来るような暗い笑い声だった。

「あんたはね、西尾さん、あんたは何も悪いことをした訳ではない。まあ言ってみれば走り使いをしただけで、何の責任もない。責任は無いんだが、裁判ということになったら、あんたは証人として法廷に呼ばれる立場だ。これはどうも仕方がないね。私のところにだって、あんたの名刺がある。この人間が二億円の借金を申し入れて来たという証拠は、たしかに有るんだ。面白いな。人間のやる事なんて、どんなに極秘のつもりでも、あとからあとから、みんな解って来るもんだ。

あんたは知らん顔をしていなさいよ。今夜のことは、私は口が裂けても、人には言わないからね」

西尾は酒も料理も喉に通らなかった。そしてからだじゅうが冷えて行くような気がしていた。

「今度の入札はね、全くへたな事をやったもんだ。あれでは誰だって臭いと思うよ。竹田建設からは四億か五億の政治献金が行ったことだろう。星野というあんたの親分はね、なかなかやり手ではあるが、ちょっと無理をやり過ぎたね。悪くするとこれは、星野の命取りになるよ。面白いな」

西尾は座に耐えがたくなった。石原参吉との対坐は、刻々に首をしめつけて来られるような気持だった。こんな重苦しい、こんな不気味な男を、はじめて見たと思った。彼は自宅が遠いので、遅くなるから帰りたいと言った。

「そうですか。今夜は無理にお引き止めして、すみませんでしたな」と参吉は言った。

席に居た芸者が西尾を玄関の外まで送ってきた。車が待っていた。西尾が車に乗ろうとすると、芸者は手にしていた紙包みをさし出して、石原さんからお土産だそうです、どうぞお持ち下さいませと言った。平たい小さな包みだった。

車が走りだし、ひとりきりになると、西尾はようやくほっと溜息をついた。何とも息苦しい宴席だった。宴席というよりは被告席のようだった。どうしてあの男が何もかも知っているのか、不思議だった。西尾は自分がいつの間にか星野官房長官の手先につかわれて、四億とか五億とかいう大きな汚職事件に関係していたことを、初めて知った。その事件はもう世間に知られているらしい。首相夫人の名刺のことまで判っているのだ。彼はそのことが怕《こわ》かった。

石原は、今夜のことは口が裂けても言わないと言ったが、事件に関係した他の人たち、星野とか財部とかがひとこと言えば、西尾の名は必ず出てくる。彼自身は犯罪をおかす意志はなかったが、手先に使われた者にも罪はあるかも知れなかった。

車の中で、西尾は貰った紙包みをひらいて見た。桐の小函《こばこ》に、黒革の上等の紙入れがはいっていた。紙入れの中に、さらにうすい紙に包んだものが入れてある。ひらいてみると、新しい一万円紙幣が二十枚、きちんとはいっていた。彼の月給の、三カ月分にちかかった。

西尾は気持がみだれた。かねは嬉しかった。これだけ有れば家族の暮しはよほどゆたかになる。しかしこれを貰ってしまえば、共犯になるかも知れない。収賄になるかも知れない。石原に送り返す、ということも考えてみた。送り返せば罪をのがれることが出来るだろうか。しかし自分にどんな罪があったのか。……

車は内濠《うちぼり》の岸をはなれて、新宿に向う商店街を走っていた。前面のガラスに雨が当りはじめた。石原参吉が何もかも知っていたということを、官房長官に知らせておく方がいいかも知れないと、彼は考えてみた。それとも、誰にも何も言わずに、このかねを自分の物にしようか。……

彼はわずか二十万のかねで思い悩む、正直で小心な男だった。彼にくらべると、四億、五億という大金を事も無げに動かしている星野や寺田という政治家たちは、人間のなかの怪物のようでもあった。

一人の犠牲者

あくる日、西尾秘書官は青い顔をして出勤した。昨夜はほとんど眠っていなかった。石原参吉に問いつめられて、自分のやったことをひとつ二つ答えてしまった、その事が心配でたまらなかった。石原は何をするか解らない男だ。しかも彼から二十万円の現金を受け取ってしまったのだ。石原に買収されて、官邸内部の機密を洩らしたということになれば、彼の立場は最悪だった。どの程度の罪になるかという事よりも、人格的に彼は破滅だった。

一日中、彼は憂鬱そうに、うつ向いて机にむかっていた。同僚が声をかけて、

「おい、どうかしたのかい。元気ないな」と言ったが、

「ええ、ゆうべ何だか眠れなかったんです」と頭を振って答えたばかりだった。

あのかねは返そう……と、彼は午後になって決心した。あれさえ返してしまえば、少なくともかねで買収されたという汚名だけは逃れることができる。妻にもまだ言ってはいなかった。かねは今もポケットにはいっている。そのポケットが重くて、気がかりだった。

その夜も彼は眠れなかった。妻が気配を感じて、どこか悪いのかと問うたが、はっきりした返事はできなかった。

「夕方、珈琲《コーヒー》を飲んだからね」と彼は言った。

「珈琲じゃないわ。顔色が悪いじゃないの。食慾もないんでしょう。胃が悪いのかしら」

しかし妻は暢気《のんき》でぼんやりした女だったから、その事であまり騒ぎ立てることはしなかった。

午前一時をすぎても寝つかれず、西尾はパジャマの上にタオル地の厚いガウンを着て、屋上まで歩いて行った。六階建ての鉄筋アパートの屋上は、十月の夜の風が肌につめたくて、疲れきった彼には却って心地よかった。星がきらめき、銀河がほの白かった。彼は煙草をすい、眼を

閉じて壁にもたれていた。何かしら生きていることがはかなく、淋しくて、自分というものが無意味に思われてならなかった。

三十分もたってから部屋にもどると、子供を抱いて寝ていた妻が、どこへ行っていたの……と問うた。

「屋上へ行って、新しい空気を吸って来た」と彼は答えた。「良い星だったよ」

翌日も西尾はぼんやりした顔をして出勤した。石原から貰ったかねのことが気がかりで、ちかいうちに彼を訪ねて、どうしても返さなくてはならないと思いつめていた。

午後三時ごろ、彼は官邸内の電話に呼ばれた。受話器をとると、誰か解らない男の声が、「西尾君かね」と言った。「君にね、総理の奥さんが何かお話があるそうだ。今からすぐ来てくれたまえ。西の廊下の奥だ」

総理の夫人と聞いて、西尾は身ぶるいした。官邸につとめてはいても、夫人の姿を見たことは是れまでに二、三度しかなかった。もちろん口を利いたことは一度もない。その夫人が直接自分に話があるというのは、あれかも知れないと彼は思った。いよいよ逃れられない所まで追いつめられて来たようだった。

噂によれば夫人は、美人ではないが聡明で、出しゃ張りで、気の強い女だということだった。どうかすると政治にまで口を出すこともある。民政党の増山総務は彼女の悪口を言ったために、大臣になりそこなったという話さえも伝わっていた。彼女が政治向きの事にまで自分の名刺を使うということは、政界財界では知れわたっていることだった。元は小学校の教師で、三十一歳のときに新聞記者をしていた寺田総理の後妻に来たのだという経歴を、西尾は聞いていたが、真偽はわからなかった。

西の廊下を、足音を忍ぶようにして歩いて行くと、窓の外に西陽の当っている裏庭があって、小菊が咲き、萩《はぎ》が咲いていた。黒い服の男が出てきて彼を案内し、重い扉を開いた。十畳ばかりの洋間で、誰も居なかった。正面の壁に日本画の大きな滝の絵がかかっていた。彼がまだ坐らないうちに、うしろから、

「あなたが西尾さんね？」と呼ばれた。

厚味のある声だった。声だけで、五十すぎの女と解った。ふりかえると、縞の和服を着た厚味のある女が立っていた。ぼってりとした顔に、眼鏡をかけていた。

「お坐んなさい」と言って、彼女は滝の絵の下の大きな腕椅子に坐り、屹《きっ》と西尾を見据えたまま、両手の指を机の上に組んだ。

それは西尾の眼に、まるで戦闘開始の宣言をしている姿のように見えた。女というよりは、ずしんとした巨大な塊のように感じられた。一昨夜の石原参吉は一種の怪物ではあったが、もっとゆとりがあり、もっと思いやりがあった。しかしこの夫人からはいささかの思いやりも感じられなかった。まるで相手の胸元に兇器《きょうき》をつきつけているような態度だった。

「あなたは、いつから秘書官をしていらっしゃるの……」と彼女は先ず言った。

「官邸へ参りましてから、二年あまりになります」

「その前は、どちらでした？」

「総理府の総務部におりました」

「それじゃ、こういうお仕事には、素人ではございませんわね」

「はあ……」

「官邸の秘書官というお仕事が、どんな性質のものかということは、充分に御存じのわけですわね」

「はあ、存じております」

「つまりあなたは政治上の機密を、たくさん取り扱っていらっしゃる訳ですわね。総理や官房長官の仕事の機密をたくさん御存じですわね」

「全部ではございません。まだ経験が少ないものですから、ほんの一部だけです」

「そう。一部でしょうね。でも、機密は機密でしょう。外部に洩らしてはいけない事がいくらも有りますでしょう」

「はあ、ございます」

「その事の責任も、おわかりですね」

「はあ」

「あなたは八月のはじめに、星野さんのお使いで、電力建設の財部総裁に会いに行って下すったでしょう」

夫人はたたみかけて来るような言い方をした。西尾は眼がくらむような気持だった。そして秘書官という自分の地位が足もとから崩れて行くような絶望を感じていた。

「行って下すったわね？」

「はい……参りました」

「そのとき、総裁宛の私の名刺を持って行って下さいましたね」

「はい」

「それは政治向きの、極秘のことだということは、おわかりでしょうね」

「はい」

「あの事が、もしも世間に知れわたったりしたら、私が非難されるばかりではなくて、総理の政治的生命にもかかわる問題だということも、おわかりの筈ですわね」

「はい」

「それだけ解っていらっしゃるのに、なぜあなたはあの事を世間に言いふらしたりなさったの……」

「いえ、僕は決して、言いふらしたりなんか致しません」

「まあ、そうかしら」

「はあ、僕は……」と西尾は懸命になって言った。「僕は、あの事については、誰にも言ったことはありません」

「では、どうして世間の人がみんな、あの事を知っているの?……星野さんが言う筈はないわね。財部総裁だって、自分の地位とか責任とかいう事は充分にわかっていらっしゃるわ。それから、私が自分で言いふらす筈もありませんわね。

あと、残っているのはあなただけよ。あなたが何も言わないのに、世間が知っている筈がありませんでしょう。三人のうち二人は信用できますわ。残るひとりはあなたよ。あなたを疑うよりほか、疑う人は無いわね」

「しかし奥さん、僕は……」

「弁解したって駄目よ。あなたは私の顔に泥を塗って下すったわね。私だけなら我慢もします。総理の名誉は完全に傷つけられました。いまはまだ病院ですが、もしもこの噂がひろまって、新聞が書き立てたり、労働組合が正式に問題にしたり、野党の方が国会で質問を提出したりしたら、あなたの責任はどういうことになるの?……」

それだけならば、まだ西尾に弁明の余地があった。絶対に自分ではないと言い争うことも出来る筈だった。ところがそのあとで寺田夫人はこう言った。

「それでなくとも世間には、何か総理の落度を見つけようとして血まなこになっている人がいることですよ。誰と誰とが組んで、どんなことを企んでいるか、みんなこっちには解っていますの。私の名刺がそういう人たちに利用されたりしたら、小さな事では済まないんですよ。石原参吉という悪党がいますでしょう。前科四犯という男よ。あの人なんか、かねに飽かして総理のことや星野さんの事を調査しているらしいわ。あの人だって、もう私の名刺のことを知っているかも知れないんですよ。あなたのおしゃべりのお蔭でね」

「………」

「西尾さん、どうなさるおつもり」

夫人が石原参吉の名を口にしたとき、西尾秘書官は万事終ったと思った。石原から受け取った二十万円の現金が、黒革の紙入れにおさめられたまま、まだ彼の胸の内ポケットにはいっているのだ。

夫人は相手にきこえるほど大きな溜息をついた。むしろわざとらしい溜息だった。それから重い口調で、

「ねえ西尾さん、どうしたらいいとお思いになって……?」と言った。「あなたに考えてもらわなくてはなりませんわね」

「申し訳ありません」と西尾は頭を下げた。

「そう。……やっぱりあなただったのね」

「いいえ、僕は決して人にしゃべったりは致しません。しかし……」

「もう宜しいわ」と押えつけておいて、夫人は立ちあがった。「私は人事に口出しなんか致しませんからね。あなたにどうしろということは申しませんよ。あなたは御自分でお考えになっ

て、一番適当な方法をお取りになることですわね」

彼女は部屋のなかをひとまわり見まわした。その時だけは家具や調度をしらべる主婦の眼つきだった。それから西尾の存在などは忘れたような素気ない態度で、部屋を出て行った。彼女がいなくなると、この部屋が急に空洞になったように思われて、何かむなしかった。

彼は迷宮のような官邸の中の廊下を、雲の上を歩くような頼りない気持で、秘書官の部屋まで帰って来た。五、六人の先輩や同僚が仕事をしていた。西尾は自分の机に坐って、両手で頭をかかえた。

「どうしたんだね、君。総理の奥さんから何か言われたのかい」と、先輩の秘書官が言った。

「いえ、何でもありません」

彼はきっぱりと言って、立ちあがり、机の上の書類をざっと片付けると、そのまま外に出た。秋の夕方の日光がさえざえと照っていて、遠くの方の風景がひどくはっきり見える日だった。西尾は坂道の途中で車をひろった。車の中で、彼はずっと眼を閉じていた。そして総理夫人の言葉を始めから全部、おもい出していた。(あなたは御自分でお考えになって、一番適当な方法をお取りになることですわね)……一番適当とは何を意味するのか。謎のような言葉だった。あるいは彼女の狡猾《こうかつ》さであるかもしれない。(あなたにどうしろということは申しませんよ)……つまり夫人は自分では何も言わなかったという言い逃れをこしらえていたのだ。お前は自分で勝手に自分の処置をつけろ、ということだった。

新成ビルの下で車を降りると、彼はビルの上を仰ぎ見た。それからエレベーターに乗って八階まで行った。石原参吉の事務所の扉はしまっていて、呼鈴を押しても答える人はなかった。土曜日の夕方だった。事務所は早じまいをしたらしかった。

その夜と次の日曜日とを、西尾は沈鬱な気持で過した。彼がはまり込んでいる政治というものの、政府という場所は、何かしら奇々怪々であり、そしてあまりに巨大であった。巨大であるばかりでなく、輪廓のわからない粘液のかたまりのようなものであった。しかも毒のある粘液だった。骨格のはっきりしない、筋道の通らない、西尾のような弱輩には何とも理解し兼ねるものだった。

彼が石原参吉に会ったのも、財部総裁に会ったのも、自分の意志ではなかった。夫人の名刺を持って行ったのは、夫人の命令であり、官房長官の命令であった。名刺を出した事が悪いことであり、総理の政治的生命にかかわるような事であるならば、その責任は夫人にある筈だった。ところが夫人は自分の罪は考えないで、持たせてやった西尾が外部に洩らしただろう事のみを、責めているのだった。そして、(自分で処置をつけろ)と言うのだ。

外部に洩らしたのは西尾ではなかった。官房長官かも知れないし、財部総裁であるかも知れない。しかし西尾はその人を探し出し、その証拠をつかんで、総理夫人に釈明する方法を持たなかった。

月曜日、彼は頭痛を口実に勤めを休み、半日牀のなかで過した。しかし眠ったのではなかった。彼は神経衰弱のようになっており、安眠できなかった。

午後はぼんやりとテレビを見ながら過し、夜は酒を飲んだ。たのしそうな飲み方ではなかった。彼はもともと気の小さい男であったが、あの事件以来ますます神経質になっていた。

十時ちかくなって、かなり酔い、寝間着に着かえた。そして妻の寝牀で先に眠っていた満二歳になる娘の横にはいり込んだ。妻には、

「お前、そっちで寝ろ」と言った。

妻は良人《おっと》の酔態を笑って、空いている良人の牀にはいった。暢気な女であったから、子供を良人にまかせた気楽さに、すぐに寝ついた。

西尾は酔ってはいたが、眠りはしなかった。幼い娘の髪を撫で、眠っている頬にさわり、牀のなかで娘の小さな足を愛撫していた。そして永いあいだ泣いていた。

午前二時をすぎてから、彼は子供のそばから起きあがった。眠っていた妻がその気配で眼をさました。

良人は寝間着の上に厚いタオル地のガウンを重ね、部屋を出ようとしていた。

「あら、どこへ行くの……」と彼女は鈍い声できいた。

「うむ、眠れないんだ。屋上へ行って新しい空気を吸って来るよ」

前にも良人は同じ言葉を言ったことがあった。だから妻は別に気にもかけず、そのまま再び

眠ってしまった。

西尾は廊下のはずれの洗面所にはいり、中から鍵をかけた。それからふところを探って石原参吉から受け取った紙入れをとり出し、二十枚の一万円紙幣をていねいに破って、水洗の水に流した。その次には黒革の紙入れの縫い目を歯で嚙み破り、いくつかの革屑《かわくず》にしてしまってから、廊下の壁にとりつけてある屑入れの穴に捨てた。……これで証拠はなにも残らない筈であった。

その仕事をすませてのちに、三階から六階へあがり、更に屋上に出た。

朝になって西尾の妻は、眠り足りて眼をさました。珍しく独りの寝牀にねたので、充分に安眠できて、気持がよかった。頭をもたげて見ると、娘の寝牀に良人のすがたは無かった。

彼女はすぐに思い出した。屋上へ行って良い空気を吸って来ると、良人は言ったのだ。……しかしまた直ぐに、でもあれは夜半だった、と思った。何時であったか解らないが、暗いうちだった。良人がそんなに永く屋上にいる筈はないのだ。

彼女は急いで洋服に着がえ、サンダルを突っかけてエレベーターに乗った。屋上は大した広さもなく、人がかくれるような場所もないので、良人がいないことはひと眼でわかった。そのとき彼女ははじめて胸さわぎを感じた。

まっ直ぐに一階まで降りて外に出て見たが、ガウンのままで良人が外に出る筈はなかった。彼女はアパートの管理人を訪ねて、西尾を見かけなかったかと問うた。誰も知らなかった。

それから次第に騒ぎが大きくなった。アパートの各階をたずね、洗面所を探し、非常階段のあたりまで見て廻ったが、何の手がかりもなかった。

やがて、屋上をしらべに行った人の叫び声がきこえた。けたたましい叫びだった。その屋上からは十五、六メートルも下にあるコンクリート製の給水タンクの上に、人が横たわっていた。平素は誰も容易には近づけないような場所であった。内閣秘書官西尾貞一郎は厚いタオル地のガウンを着たまま、そのタンクの上で死んでいた。屋上から落ちたようでもあり、それにしては位置がすこしおかしいようにも思われた。

彼の死をめぐって

変死事件であったから、アパートの管理人は警察に報告し、警察官は検屍《けんし》の医者をつれてアパートへやって来た。それから近所のはしごを借りて彼等は給水タンクの上にあがってみた。西尾秘書官はうつ伏せに近い姿勢で死んでいた。耳と唇とから少量の出血があるほかは、外傷はなかったが、頭部や胸部を強打したことが死因と思われた。死亡推定時刻は午前二時三十分ごろ。死後数時間をへて、屍体は硬直していた。

検屍を終ってから、西尾の遺体はひとまず彼の部屋にはこび込まれたが、どういう訳か地元警察だけでは事件が終りにならず、二時間ばかり経ってから警視庁の係官と検屍の医者がやって来て、もう一度しらべ直すという手数をかけた。それは西尾が内閣秘書官という地位にあったためかも知れなかった。

係官は西尾の妻に会って、ちかごろ西尾の態度や生活に変ったことは無かったか、健康状態はどうであったか、女性関係、金銭関係で何か気のついたことは無かったか、というようなことを質問した。

「何ですか、このところ四、五日眠れないと言って苦しんでおりました」と妻は言った。

「不眠症は、以前にもありましたか」

「いいえ、別にそんなことはございませんでした」

「何か薬を飲んでおりましたか」

「飲んでおりません」

「神経衰弱とかノイローゼとかいうようなことは、ありませんでしたか」

「いくらかそんなことも有ったかも知れません」

「なるほど。……それで、神経衰弱にかかるような何か原因はなかったでしょうか。たとえばお勤め先の関係とか、借金で苦しんでいたとか……」

「借金は何も無かったと思います」

「そのほかのお心当りは……?」

「いいえ、別に……」

「屋上へ出られたのは何時ごろでしたか」

「二時か三時か、そのくらいだったと思います」

「何のために、そんな真夜中に屋上へ出られたのでしょうか」

「眠れなかったからだと思います。前にもそんなことがございました」

「何か、御主人が自殺なさるような動機とか、原因とかいうもので、お心当りはありませんか」

「私はとても、自殺だなんて思えないんです。きっと誤って落ちたんですね」

「そうでしょうな。やはり過失ですな」と係官は言った。

しかし屋上には高さ三尺四寸のコンクリートの手すりがめぐらしてあり、厚さは七寸あまりもあった。誤って落ちるということは殆ど有り得ない。自分の意志で乗り越えたものとしか考えられなかった。

屍体の解剖はおこなわれなかった。死因ははっきりしており、解剖の必要はないというのが警視庁の態度であった。

しかしその日の午後六時まえ、警視庁詰の記者クラブの要請により、共同会見がおこなわれたとき、新聞記者のあいだからは微妙な質問が提出された。その質問に対する警察当局の態度には不審と思われる節もなくはなかった。

「西尾秘書官というのは大体どういう仕事をやっていた人ですか」

「秘書官のなかでは一番若い方の人でして、大体は内部の事務的な仕事や連絡事項などを扱っていたようです」

「秘書官のあいだでは今度の事件について、どういう感想を持っていますか。たとえば何か自殺を予感させるようなものが有ったとか……」

「はあ——事件の前日は欠勤しております。その前日は日曜日でして、その前あたり、同僚に不眠を訴えており、元気が無かったそうです。しかし、どうも自殺とは考えられません」

「不眠症から来たノイローゼのために、発作的に自殺をはかったということではありませんか」

「自殺しなくてはならない程の理由は見当りません。やはり過失によって墜落したと見る方が妥当かと思われます」

「いま墜落と言われましたがね、西尾さんが落ちていた場所は給水タンクの上ですな。アパートの外壁から給水タンクの上までは距離にして八メートルと書いてあるでしょう。過失によって落ちたとすると、四階のところに五尺ほど張り出した手すりが有るのに、それにはぶつかっていないんだ。そして直接に八メートル先のタンクの上に落ちた。これはおかしいですよ。過失によってそんな遠くの方に落ちる訳はないでしょう」

「はあ……しかし昨夜はかなり強い風が吹いていたようですから、風のためということも考えられます」

「警視庁としては過失という見解ですか」

「過失と考えております。目撃者がないので、それ以上のことは推定に過ぎないわけです」

しかし記者会見を終ってから、記者が気象庁に問いあわせたところによると、当日の朝、午前二時から三時ごろは、北西の風〇・七メートルしか吹いていないのだった。こんな微風によって五十五キロの男が八メートルも先まで吹き飛ばされる筈はなかった。記者たちは自殺説にかたむいていた。そして警視庁がしきりに過失を強調していることに、何かしらうす暗い疑いを感じさせられるのだった。

警視庁は何か知っていたかも知れない。事の真相までは解る筈もなかったが、官房長官かその側近のあたりから、(西尾秘書官の事件は過失死として置き、それ以上はあまり深く追及するな……)という風な極秘の指令が出ていたかも知れなかった。星野官房長官にしてみれば、何か思い当る節があったに違いない。そのための自殺とまではっきりはしないが、あの事に関連が有っただろうという推察はできる筈だった。

殊に彼の死の数日前、寺田総理の夫人が西尾を呼んで、個人的な面接をしている。その話の内容についても、大体の見当はついていた。彼の死が寺田夫人と関係がないとは言えないのだ。関係があるとすれば、結局西尾の死はF——川ダム工事の不正入札問題と関連があると思わなくてはならない。この事が世間に洩れたら、官房長官も通産大臣も、悪くすれば寺田内閣そのものまでも、安泰ではいられない。

したがって西尾を自殺とすれば、新聞記者たちは原因を究明しながら事件の核心まで探って来るに違いない。だからあくまでも彼の死は過失でなくてはならなかった。それを過失死にしてしまうために、わずか〇・七メートルの風で五十五キロの男が、八メートルも吹っ飛ばされたという怪しげな説明をしなくてはならなくなった。おそらく彼は、コンクリートの手すりの上によじ登って、水泳の跳びこみのように、勢いをつけて跳び降りたに違いないのだ。

彼の自殺の原因を、誰よりもはっきり知っていたのは寺田総理夫人峯子《みねこ》であった。数日まえに彼女は西尾を呼びつけて、手きびしく彼を糾明している。(……私はあなたにどうしろということは申しませんよ。あなたは御自分でお考えになって、一番適当な方法をお取りになることですわね)

まず西尾秘書官は、自分にとって一番適当な方法とは、自殺することだと考えたのであろう。それは西尾が勝手に考え出した方法であって、(私の責任ではない)と夫人は思っていたかも知れない。政治上の秘密を知り、それを外部に洩らした証人が、ひとり消滅した。これで寺田内閣は危機をのがれられるかも知れない。夫人は総理が療養している病院へ行って、次々と押しかけてくる見舞客のあいさつを受け、看護婦を監督し、係りの医者にできる限りの手を尽してくれることを要請し、そして総理にも誰にも、西尾秘書官のことは、ひとことも言わなかった。

もちろん星野官房長官もまた、口を拭って何ごとも語らなかった。したがって官邸詰の新聞記者も警視庁詰の新聞記者も、ついに西尾の死についての真相を知ることが出来なかった。西尾秘書官のあわれな死は、巨大な勢力と勢力とのあいだにはさまって、押しつぶされた虫けらのような死であった。

政治新聞社の古垣常太郎に電話がかかってきた。相手は石原参吉であった。石原は古垣を、(顎《あご》で使って) いるようなかたちだった。石原は表面にあらわれることなしに、政治新聞の記事の論調を左右することができた。この怪人物にとっては、そういう発表機関を適当に利用する必要もあったのだ。

「ああ、石原だ。しばらく顔を見ないな。君にひとつ新聞だねをやろうと思ってんだが、どうだ、出られるか、今から……」

「今からですか……夕方ではいけませんか。五時ごろでは……」と古垣は言った。

石原参吉のところへ行けば、損をすることは無かった。必ず何かしらの利得があった。石原にしてみれば、いつでも古垣に与える (餌《えさ》) を用意して、彼を手なずけているのだった。

ところが古垣はいま、自分の社内でもめごとが起っていた。女事務員の遠藤滝子はまだ二十四歳という若さで、娼婦のような女だった。古垣の異母弟の欣二郎《きんじろう》は一種の無頼漢で、どこに勤めても永続きしないので、古垣が安い月給で彼を使っていた。その欣二郎と滝子とは、前から関係があったらしかった。それをうすうすは知りながら、もう十カ月も前から、古垣は滝子と交渉を持っていた。そのことが欣二郎に知られたら大変なことになるとわかっておりながら、古垣は彼女にひかれていた。滝子とすれば、秘密の手当を貰うことが目的であったかも知れない。

その二人の秘密が、どこからか欣二郎に知られたのだ。欣二郎は六尺ゆたかな大男で、腕力は強く、素行はみだれていた。彼は午後三時だというのにどこかで酒を飲んできて、古垣の机の横の柱にもたれ、滝子と古垣とを等分に見ながら、くわえ楊枝《ようじ》のだらしない姿で言うのだった。

「ねえ兄貴……おれなあ、話のわかる人間なんだ。無茶なことは言わねえよ。かねで話をつけてくれねえか。それが一番おだやかなやり口だろうと思うがねえ。……滝子はね、ずっと前のその前から、おれのもんだよ。兄貴にことわり無しにいただいたのは悪かったかも知れねえがさ。そこは二人の自由意志だろう。仕方がないよな。別に悪いことをした訳ではないだろう。だけどね、兄貴はおれの場合と少し違うと思うんだ。つまり兄貴は横取りだろう。昔なら姦《かん》通《つう》だろう。昔なら犯罪じゃねえか。それをまあ俺としては、おだやかにかねで話をつけようと言っているんだ。解ってくれるだろう」

「お前は酔ってるじゃないか」

「酔ったって間違ったことは言わねえよ」

「かねは無いよ」

「無いじゃ済まされないだろう。いま有るだけでもいいから渡してくれたらどうだい」

「お前はちっとも仕事をしないじゃないか」

「ちゃんと話がつくまでは、馬鹿くさくって仕事なんか出来やしないよ。だから話をつけてくれって言うんだ」

そういう汚ない問答がはてしなく続いていた。古垣は欣二郎には一銭も出したくなかった。これまで彼を養ってやったという気持が古垣には有った。いまさら古垣と女を争うなどというのは、欣二郎の思い上りだという気持だった。しかし彼を黙らせない限り、新聞の仕事はちっとも進まない。警察をたのむことも出来ないし、いきなり馘《くび》切《き》ることも出来ないという、厄介な事態だった。と言って、滝子と手を切る気もなかった。

古垣は紙入れから千円紙幣を五枚とり出して、異母弟に渡した。

欣二郎は五枚の紙幣を両手で扇形にひろげて、

「何だいこれは……手付けかい。これじゃあ当座の小遣というところだね。まとまったものはいつくれるんだい」と言った。

古垣は帽子をとって事務室を出た。みじめな気持だった。いつかはこういう事が起るだろうことは、ずっと前から解っていた。どうにかしなくてはならない。とにかく是れから先、欣二郎を事務所に置くことは出来なかった。結局、退職金という名目でいくらかまとまった物を渡すよりほかは無いと、彼は思っていた。五万ではけりが付かないだろう。十万となると古垣の手もとが苦しくなる。彼は欣二郎から脅迫されている立場だった。

五時まえに彼は石原参吉の事務所についた。参吉は小さい応接室に一冊のファイルを持って来た。若い女事務員が古垣には紅茶を、参吉には何か煎《せん》じ薬を持って来た。

「何です。薬を飲んでいるんですか」

「うむ、何だか知らんが不老長寿だそうだ」と言ってから参吉はファイルを開いた。

「君の新聞はどうだ。もうかっているのか」

「もうかっても知れたもんです。ちかごろは代議士も財界も財布の紐《ひも》がかたいですな」

「このあいだ君、内閣秘書官という男が死んだろう。あれを調べてみたか」

「いいえ。新聞は読みましたがね」

「あれが怪しいんだ。怪しいけれども証拠がはっきりしない。だから大新聞は簡単に過失死にしてしまった。それ以上は新聞記者にはわかっておらん」と参吉は独りごとをつぶやくような低く重い口調で言った。

「それが、どう怪しいんですか」

「要するにな、電力建設がやっているF—川ダムのことで、このあいだ変な入札をやっただろう。竹田建設に落ちた……あれと関係があるんだよ。あの事件に西尾は関係していたんだ。もちろん星野の命令で走り使いをしていた程度だがね。あれが不正入札じゃないかというので、問題になっただろう」

「では、自殺ですか」

「自殺あるいは他殺だな。警視庁は一生懸命あれは過失だと言っているよ、新聞で見るとな。……過失ではない。少なくとも自殺だ。他殺も考えられる。やったとすれば星野の廻し者だろうな。あるいは竹田建設かも知れん。両方とも殺す理由はある。証拠湮滅《いんめつ》が目的だ。君の新聞で書いてみたらどうだ。確実な資料はないが、無くてもかまわんよ。そういう噂があるとか、そういう見方をしている者もあるとか、ね、不確定な書き方でもいいじゃないか。……それを君の新聞が書くと、臑《すね》に傷のある連中はあわててなあ、また何か変なことをやり出すよ。君のところへかねを持って来て買収するとか、警察を使って何かさせるとかね」

参吉は古垣をそそのかすような話をしながらも、彼が西尾秘書官に二度も会っていることだけは、言わなかった。言えば、古垣の新聞に参吉が資料を提供したことを、誰かに嗅ぎつけられる畏《おそ》れがあるからだった。参吉は星野官房長官を脅迫するだけの材料をたくさん持っていた。星野の葉山の別荘もその一つだった。しかし政治家を脅迫することは危険だった。彼等は警察を動かし検察庁を動かして、逆に参吉を潰しにかかる危険があった。参吉の強味は、これらの資料をいつでも大新聞に発表する用意があるということだった。いわば彼は原爆を持つことによって敵の侵略を喰い止めている国家に似ていた。

古垣常太郎は石原のファイルを借りて要点をノートした。彼は軽率な正義感をもっている男であった。同時に買収されることに弱い意志薄弱な人物でもあった。神谷代議士に買収され石原参吉に買収され、財部前総裁にも買収されていた。そして彼等の敵に当る者に吠えかかって行く飼い犬のような性格をも持っていた。吠えかかる時には、それを自分の正義と信じるような軽薄なところがあった。そうした矛盾を、彼自身は矛盾とは思っていないような男だった。

彼は参吉から金一封をもらい、特だね記事を書くことにいそいそしながら事務所に帰った。彼は忙しい時には事務所に寝泊りすることもたびたびあった。ソファの上に毛布をかけただけで、ごろ寝をするのだった。

彼はその夜九時すぎまでかかって新聞原稿を書いた。(西尾秘書官の死にひそむ黒い謎)とか、(過失説を強調する警視庁の態度に不審を抱くものもある)とか、(他殺説すらも巷《ちまた》に流れているが、それを打ち消すだけの資料はない)とか、(事件の裏に或る種の大汚職事件がひそんでいるという見方もある)とかいう、刺戟《しげき》的な文章であったが、その文章の真実性を裏付けるような材料はひとつも提示されてはいなかった。

したがって古垣の政治新聞が数日後に発行され配布されても、西尾事件をあたらしく問題にする者はなかった。下等な新聞ほど刺戟的な記事をのせるものであることを、世間は知っていた。

ただひとり神谷直吉代議士だけが古垣に電話をかけてよこした。

「あの記事は君、おもしろいぞ。もっと突っ込んで調べてみたまえ。汚職事件というのは君、

F—川問題じゃないかね。これゃ面白いぞ。何か良い資料が見つかったら俺が買うからね。いいかい、解ってるな？」

しかし古垣は神谷代議士を信じてはいなかった。利益のためには資料を売るけれども、あんな男が政治家の仲間であることに一種の怒りをさえも感じていた。彼はそういう正義感も持っている男だった。

政変

十月下旬、通産省の平井次官は飛行機で九州へ飛んだ。名目はF—川ダム建設地の視察ということになっていたが、本当の用件は県知事に会うことであった。

知事はまだF—川の水利権の認可をあたえていなかった。水没地住民のための補償が終っていないこと、残存部落の立ち退き希望者に対する処置が終っていないこと、堂島鉱業の廃業に対する保障が全く停頓《ていとん》していること、さらに九月末のダム工事の入札に大きな疑惑が持たれていること等々、知事としては不満なものが多かったから、水利権を押えることによって電力建設会社の善処を求めるという態度に出たのであった。

電力建設は九十五％まで官営であるとは言え、一応株式会社の体裁をそなえているので、県知事という地方長官に対して、命令ひとつで言うことを聞かせるという訳には行かなかった。知事は県民の選挙によって選任された独自の地位であって、戦争直後につくられた地方分権の方針は、その後かなり崩れて来たとは言え、まだ地方では強い自主的な勢力であった。

平井次官が知事に会いに行ったのは、言うまでもなく松尾総裁からの懇請があったからであった。しかし通産省次官は県知事に対して支配的な立場ではない。次官の要請があったとしても、知事は自分の権限で拒絶することも自由であった。けれどもこの大工事が、知事の水利権拒否のために、いつまでも遷延してはならない。電力建設会社の仕事が停頓すれば、ひいては通産省の落度にもなるに違いないのだ。

F—川ロックフィル・ダムは大工事だった。基本的な設計図だけでも約五百枚、付属の施工図となると約七千枚を要するだろう。資材についてはざっとした計算だけでも、セメント二十万噸《トン》から二十一万噸、鋼材およそ三万噸、ダムの主体となる岩石は約八百万立方メートル。これを普通の砂利はこび用のダンプカーで運べば三百二十万台分、二十噸積みの大型ダンプカーでも七十八万台を要する。

そのほかに火薬千五百噸から千六百噸。労務者の数は延べ五百二十六万乃至七百万人を要するだろう。冬が来ないうちに建設工事に着手する必要がある。工期が延びれば竹田建設の方も電建会社自体も、かなりの損失を見込まなくてはならない。

宿について知事と連絡をとってから、次官はすぐに県庁へ出かけて行った。次官の方がむしろ頭を下げて頼みに行く側であった。青木知事はまだ六十前の、柔道四段という立派な体格をした、柔和な感じの男だった。平井次官と対坐しての口ぶりは、おだやかではあったが妥協的なところは感じられなかった。

「……おはなしはよく解っております。通産省としても大事なお仕事でありますし、九州地区の大きな電力源ともなることですから、県といたしましても勿論、御協力申しあげるつもりでおります。

しかしですなあ平井さん、これにはやはり地元の民衆が相当の犠牲を受けることになりますので、その点につきましては電力建設会社の方で誠意ある解決をして頂かなくてはなりません。立ち退きの補償も一部残っております。残存部落問題はまだ半数ちかくも解決しておりません。堂島鉱業に至っては全く解決のいと口も出来てはいない有様です。そこへ持って来て今度の入札に関する世間の疑惑ということです。地元の土建業者は笑っております。(電力建設会社というところにはよほどかねがだぶついているんだろう。あんな大金をかけるのなら、竹田建設でなくても、地元の業者が立派な工事をやって見せる)と言っておりますよ。

こういう状態ですから、いま直ぐに水利権をという訳には参りません。それでは私が非難を受けます。知事がそんな弱腰では、県民の利益を擁護することは出来んじゃないか、と言われます。私はあくまでも民衆の支持によって、民衆の意志によって、県政をやって行かなくてはなりませんからなあ」

平井次官はここでもまた、いつも地方へ出張した時に感じるのと同じことを感じさせられるのだった。県知事や県会議員などに会ってみると、彼等が地元民に密着した仕事をしていることがよく解る。地元民の利害を無視しては、地方政治家の立場はあり得ないのだ。ところが大臣以下中央官庁の役人たちは、地方の地元民の意志を無視して仕事を押しすすめようとしている。

通産省にしても電力建設会社にしても、そうだった。残存部落だとか水没区域の住民だとかいう問題は、打算的な地元民衆の抵抗としか考えていない。国家が要求するこの有意義な事業を理解しない、(仕様のない連中)という風な考え方になり勝ちだった。したがって知事の説明を聞いても、筋道はその通りかも知れないが、いかにも通俗で低級な地方政治家の言い分であるように思われる。そこへ行くと中央の政治家は、政治の本筋を考え、大所高所に立った、高級な政治をやっているような優越的な気持をもっている。それと同時に、民衆の上に足場を持たない政治家の、拠って立つ基盤の薄弱さをも考えずにはいられないのだった。中央の政治家は理論的で、地方の政治家の方が現実的だった。

平井次官は青木知事と別れて宿に帰ると、前から予定していた第二の手段を使うことに決心した。彼は東京に長距離電話をかけて増永自治大臣を呼び出し、事情を訴えて応援を求めた。九州へ出発する前に、次官は大略の説明をしてあったので、話は直ぐにわかった。増永氏は承諾して、自分から青木知事に電話をかける約束をしてくれた。

県知事の身分は、自治省といえどもどうする訳にも行かない。つまり支配関係は全く無いのだ。しかし県財政の面で苦しんでいる青木知事としては、自治省に意地わるく出られると、地方交付金その他いろいろな点で、いじめられる事も少なくなかった。

夜、知事の招待の宴会があった。県議会議長その他四、五名の小さな宴会で、会場は街の郊外の川沿いの風雅な料亭であった。その席で青木知事はあっさりした態度で、こう言った。

「さきほど次官がお帰りになってから三十分ほどあとでしたが、自治省の増永大臣からわざわざ電話がございましてな。水利権の問題を何とか早く解決しろ、国家的な事業なんだから、国家的な見地に立って解決しろ、地元民の利害ばかり言っておってはいかんと……そういうお話なんですよ。

私もどうもね、自治省からそう言われますと、強いことが言えないんですよ。日頃なにかと言うと駆け込んで行って力を借りなくては、こういう財政的に貧困な県としてはやっていけませんのでねえ。まあ仕方がありませんから、至急に県議会その他の諒解《りようかい》をもとめて、何とか認可するように致しますからと、そういうお返事をしたような次第です。いつというはっきりしたことは申せませんが、至急に善処いたしますから、どうぞそのおつもりで……」

これで水利権の問題は九割まで、かたづいたようなものだった。結局、順当な解決ではなくて、いわゆる政治的解決であった。しかしその話が終った直後、県庁から知事に電話が来て、寺田総理大臣が辞職するらしいというニュースが伝えられた。知事にとっては自治省の大臣以下にも人事異動があるだろうという程度の遠いおどろきであったが、平井次官としてみれば直接に彼自身の進退の問題であるだけに、顔色が変った。それは、直接民衆の上に基盤をもたない、誇り高き中央の政客の、はかない立場を象徴するようなものであった。

脳軟化症の発作をおこして病院にはいった寺田総理について、政府のスポークスマンは機会あるごとに、症状は軽微であり、二、三週間の静養ののちに退院できるであろうと発表していたが、巷間《こうかん》に流布されている噂はそれとは逆に、首相の病状は相当に悪いらしく、とうてい総理の職にとどまることは出来ないだろうと伝えていた。

そして多くの場合、政府の正式な発表よりも巷間の噂の方が真相にちかいのだ。戦争中の大本営発表がはなはだしく修飾されたものであったと同じように、民主政治の時代にはいって永い年月を経ておりながら、政府発表は依然として修飾が多かった。民衆は修飾を承知のうえで政府発表を聞いていたのだ。聞きながら、近いうちに必ず修正された発表があるだろう事を、期待していた。

寺田総理の場合もそれだった。十月末のある日、星野官房長官は新聞記者に対する共同会見の席で、とうとう本当のことを発表せざるを得なくなった。

(去る十月上旬以来、脳軟化症のために入院治療中でありました寺田総理大臣は、当初おおむねその症状は軽微であり、二、三週間の療養によってほとんど全快せられるものと期待されておりましたが、その後意外に恢復が永引き、症状も必ずしも軽減せず、政府一同憂慮しておりました。しかるところ同病院沖野《おきの》院長その他関係者による精密検査の結果、脳の一部に腫瘍《しゅよう》らしきものを発見し、病源がそこに有ることが判明した次第であります。

しかしながら、この腫瘍の性質、今後の手術の結果の良否等は別として、いずれにせよ相当期間にわたる療養を必要とするものと考えられますので、内外政局多端の折から、寺田総理大臣は永く政務をはなれることの責任を痛感せられまして、本日午後四時、江原衆議院議長、森川参議院議長、菊田外務大臣、民政党顧問小泉英造氏らの参集を求め、辞任の意志を明らかにせられました。

以上のような次第でありまして、今後の事は目下政府及び党本部におきまして、協議中であります。発表は以上であります）

この発表を聞いて意外に思った新聞記者はひとりも無かった。みな、いつかはこうした発表があるものと考えていたのだ。それから記者たちの無遠慮な質問がはじまった。

「総理の引退は確定的ですか」

「それは目下研究中であります」

「首相代理を置いて全快を待つということは有り得ないですか」

「出来ればそうしたいという考えもありますが、いずれとも決定しておりません」

こういう記者会見の席で、星野長官は気取ったポーズをしたり、流し眼を使ったり、うす笑いをうかべたり、胸のポケットから色のついたハンカチを見せていたりして、妙に思わせぶりで気障《きざ》な男だったが、質問に対する受け答えは明確であった。しかし明確な返答のなかにも一種の狡《ずる》さが感じられた。

「総理が引退ときまれば、党では総裁選挙をやりますか。それとも五月の選挙で次点になった酒井和明さんが後任総裁ということになりますか」

「御質問のようなことについて、目下協議している訳であります」

「脳の中の腫瘍というのは、癌《がん》だと思っていいですか」

「それはまだ主治医の方からも正確な発表はなされておりません」

「総理は意識は明瞭ですか」

「私の見たところでは平素と変りありません」

「総理がかわるとすれば、いつ頃になりますか」

「一両日中に、いずれとも決定すると思っています」

その翌日の午後二時、ふたたび共同会見がおこなわれ、寺田総理大臣の辞職は正式に決定し、閣僚一同は辞表を提出したと発表された。同時に、民政党総裁は選挙をおこなわず、酒井和明氏がくり上げ当選のかたちで総裁にえらばれた。その事は国会の第一党であるところから、次の臨時議会で内閣の首班として酒井氏が選任されることも確実であった。

前総理となった寺田氏は病牀《びょうしょう》でうつらうつらしていた。脳軟化症と見られた彼の病気は、脳の奥の方の或る小さな腫瘍が、血管を圧迫したために起った症状であることが判明した。彼の意識は星野官房長官が言ったほど明瞭ではなかった。頭の中のどこかに曇りがあり、手足に力が無かった。腫瘍は癌であるかも知れなかった。たとえ癌でなかったにしても、完全な健康体にもどることは非常に困難であった。峯子夫人はほとんど病牀につききりであった。

この五月、十六億とか十八億とか噂されたほどの大金を使って、党総裁の地位を（買収）し得たことも、いまとなってははかない栄華の夢であった。その結果、第二次寺田内閣を組織し、閣僚の一部を更迭したりしてみたけれども、わずか四ヵ月の政権を維持しただけに過ぎなかった。

その四ヵ月の政権をむりやりに獲得したために、電力建設会社の財部総裁を強引に追い出してしまい、九州F—川の電源工事について驚くべき不正入札を強行し、竹田建設会社からは五億という莫大な政治献金を出させたのであった。のみならずこの事件のまき添えとなった西尾貞一郎秘書官が、変死するという事態をも引きおこした。それもこれも、ただ一つ、寺田氏の権勢慾、名誉慾、政権獲得という野心から出たことであった。

けれどもそれは寺田氏に限ったことではなくて、多くの場合一国の政治というものは、そうした野心家によって運営されるもののようであった。後継内閣の首班に予定されている酒井和明氏にしても、その点は全く同じであった。五月の総裁選挙のときに、酒井和明氏は寺田総理よりももっと多くの買収費をばらまいたと噂されているのだった。それだけの買収費をばらまいたという事は、党所属の国会議員たちがそれを受け取ったということでもあった。受け取ったかねは次の解散のときの彼等の選挙費用になる。要するに国政はかねで動かされていた。誇張して言うならば、ほとんどかねばかりで動かされていたのだ。

十一月九日臨時国会開催。酒井和明氏は予定通り大多数をもって内閣の首班にえらばれた。酒井総理は当分のあいだ閣僚の更迭をおこなわず、前内閣の政治方針を踏襲することを声明した。

こうして大川通産大臣も星野官房長官も、なおしばらくはその地位を保つことになった。

十一月十二日、九州の青木県知事から通産省の平井次官に電話があり、F―川の水利権を電力開発会社に認可することに決定したという知らせがあった。

不正入札の大工事は、いよいよ実行されることになった。最初はまず資材を山奥の現場に送りこむための道路建設からとりかかる。そのための測量技師と人夫とがはいり、まず飯場と事務所とを建てる仕事だった。それからブルドーザーがはいり、資材を積んだトラックがはいる。山が削られ、古い樹木が伐《き》りたおされ、岩が掘りおこされ、山の地肌がむき出しにされる。

人かげもまばらであったこの地に、やがて起重機はうなり、火薬の爆発する音、岩の砕け落ちる音がとどろきわたる。鳥もけだものもこの現場から遠く立ち退き、川も当分は魚も住めなくなってしまう。二年半か三年ののちには、ここに巨大なロックフィル・ダムが出来あがり、三十万キロの電力がつくられ、九州一帯の工場や都市に送られる。……それが出来あがった時には、（あのダムは竹田建設が造ったのだ）という名誉だけが残って、それを築造する以前にどんな大きな汚職事件があり、どんな醜悪な取引きがおこなわれたかということは、人々の記憶には残らないだろう。

電源開発というこの工事自体は、関係者や政治家たちの汚職や不正行為とは何の関係もない。汚職は人間の記憶とともに消えて行く。そして巨大なダムと発電所とだけがあとに残る。結局は竹田建設にとって、不正入札をやろうと贈賄をやろうと、立派な工事をやり遂げることさえ出来れば、世間はその功績だけを見て、建設にあたった竹田にその名誉をあたえる。

政治家や大きな事業家にとっては、そんなことは常識であるらしかった。要するに道義を立て貫こうとする努力は、国家的な事業の前には何の意味もなさないという常識であった。やってしまった方が勝ちだった。寺田前総理は何の処罰をも受けてはいない。星野官房長官も竹田建設もそのことで何も追及されてはいない。国民の税金のなかから五億というかねが総裁選挙に消費されてしまった、その不正さえ誰も追及する人はなかった。そしてダム工事は始まった。寺田氏をめぐる大汚職事件は音もなく過去に忘れ去られるかと思われた。

しかしこの頃、法務省や検察庁を担当している新聞記者のあいだでは、どうもF——川ダム入札問題に関連して、東京地方検察庁が動き出しているらしい……という噂が流れていた。

政治的圧力

東京地方検察庁のうごきは、始めのうちは極秘だった。たしかに犯罪がおこなわれたという確証をつかむまでは、極秘でなくてはならない。人権尊重の立場から見て、犯罪者であるかどうか確定していない者を、犯罪者のように取調べる訳には行かない。F―川のダム工事に関する入札において、大きな不正が行われたのではないかという疑いは有った。しかしそれだけでは地検は動かなかった。事は電力建設会社に関係があり、ひいては通産省にも関連がある。地検は大事をとって、静かに様子を見ていたようであった。

ところが間もなく西尾秘書官の変死という事件がおこった。警視庁の発表は過失死となっており、新聞報道もほとんどその域を出なかった。けれども信用のおけない小さな新聞ではあるが、日本政治新聞は西尾貞一郎の死に疑問をいだき、（他殺説もある）とか、（この事件の裏に別の不正事件がひそんでいるという見方もある）とかいう書き方をしていた。

もしも本当に不正事件があり、西尾の死がそれに関連のあるものであるならば、検察庁としては見過すわけに行かない。一応は調べてみなくてはならない。それが地検の義務であった。事件に関係があると見られる人物について、直接に呼び出して取調べることはもっと先になってからである。まず資料をしらべてみる。新聞の関係記事をしらべてみる。F―川ダムの入札に至るまでの経路をしらべてみる。関係者の動きをしらべてみる。……すると、任期満了の直前に財部総裁が辞任しているというまぎれもなく不自然な事実が出て来た。また財部総裁の退職金が二千五百万円という前例を無視した大金であったことも解って来た。このあたりに何か有るかも知れない。

しかし西尾貞一郎は内閣秘書官である。彼の死がF―川問題と関係があるものならば、それは直ちに官房長官と結びつき、寺田内閣そのものと結びついて行く。事は重大だ。重大であればあるほど、地検としては見過して置くわけには行かない。……けれどもまだ地検にはF―川問題と西尾との直接の結びつきはわからなかった。西尾には遺書もなく、日記もなかった。

そのうち、不確実ではあるがいろいろな情報が地検にはいって来た。(変死した西尾貞一郎は八月ごろ電力建設会社に行って財部総裁に会ったことがある)とか、(竹田建設の朝倉専務は赤坂の料亭で星野官房長官に会っている)とか、(寺田総理の夫人がF―川のダム工事に関して誰かに名刺を出したらしい)とか、(竹田建設から寺田総理に数億の政治献金が出ている)とかいうようなものであった。

これは一つの政界疑獄事件の様相をもっている。地検としては或る種の決意をもって当らねばならない事件のようであった。どこまでやれるかは解らないが、(やれる所までやってみよう)というのが若い検事たちの気持であるらしかった。小さな事件ならば徹底的に捜査することが出来る。しかし大きな事件になればなるほど、検察当局の活動は制限される。その最も顕著な実例は、船舶疑獄事件に対して犬養《いぬかい》法務大臣が下した指揮権発動であった。小さな民間の事件で指揮権が発動されることは無い。最も大きな犯罪容疑だけが、刑法の処罰を逃れることが出来る。それが（政治）というものにほとんど必然的につきまとう汚濁の一つであった。

このような地検の動きが、政府に聞えて来ない筈はなかった。政府は無数の情報網を持っている。組織的な情報網もあるが、どこからか流れてくる情報もある。与党の代議士や参議院議員、外郭団体、新聞記者、官庁関係等々、情報のはいって来るルートは無数にあるのだ。

その情報が星野官房長官の耳にはいったとき、彼はすこし迷った。事件は寺田内閣当時のことであって、現在の酒井総理から見れば寺田は政敵である。病気中の寺田が完全に失脚すれば酒井政権は一層安定する筈だ。星野は寺田時代からの官房長官であり、酒井総理はいまどの程度まで星野を信頼しているか、わからないような所がある。いずれ近いうちに酒井の意志によって内閣改造がおこなわれるだろう。その時にしりぞけられて政府を去るか、それとも信頼を得て内閣に列するか。……星野の進退がきまるのはここ一、二カ月のあいだだった。

そこで、F―川問題を酒井総理の耳に入れることが、星野にとってプラスに動くかマイナスに動くか、それを計算しなくてはならなかった。彼自身は、地検の動きなどは何とも思っていなかった。法律には従わなくてはならない。しかし、法律の運用はどうにでもなる。政府の高官、一国の権力者にとって、法律は民衆が考えるほど怕いものではなかった。殊にF―川問題の場合、星野は寺田総理の意を受けていろいろな画策はしたが、彼はその事によって一円の利益をも得てはいなかった。つまり彼自身の収賄や汚職はなにも無い。それが強味だった。

彼は酒井総理に打ちあけた話をすることには、すこしためらった。もしも酒井が寺田の政治的な声名をぶち壊そうとする気持になったら、あの事件を洗い立てて、それを自分の利益にしようと考えるかも知れない。ひいては星野自身の信用を落すことにもなり兼ねないのだった。星野はむしろ神原法務大臣に会って懇談してみようと思った。神原は純粋な寺田派であり、内閣改造がちかく行われる筈であるが、その時には必ず閣外にしりぞけられるべき人物であった。

党本部の小会議室で、星野はこっそりと神原に会った。神原はまだ五十五歳の若さで、法学博士の学位を持ち、大学教授としても立派にやっていける人であったが、彼の性格は教壇には向かなかった。つまり出世慾や名誉慾の強い人柄であった。そのために寺田前総理の支持を受けて郷里から代議士に立ち、教壇をすてて政界にはいった。小柄なくせにのっそりとした、見栄えのしない男であったが、利害の計算には抜け目のない人だった。寺田氏がもはや再起の時はあるまいと噂されるようになってから、神原法務大臣は人を通じて、酒井新総理に接近しようとしているらしい動きも、星野にはわかっていた。

丸テーブルを中にして対坐すると、

「実はね、検察庁のことなんですよ」と星野はいきなり言った。

「うむ。君のことかね」

「いや、私はまあ、下働きをしただけで、主役ではありませんよ」

「何のはなしだね。君の別荘のことじゃないのかね」

「別荘って、何ですか」

「君の葉山の別荘のことさ。検察庁からちょっと聞きましたよ」

「私の別荘なんか有りませんよ」

「いや、名義は違っているそうだ。しかし事実は君のものらしい。東亜殖産会社の脱税事件に関連して、原本社長という男が君に贈呈したものだろうという地検の調査も出ていたようだ。どういう訳で原本が君に贈呈したのか。問題にすればそこだろうね」と、法務大臣はずばりと言ってのけて、悠然《ゆうぜん》と煙草をくゆらしていた。

小づら憎い態度だった。お前を捕まえるつもりならいつでもやれると、おどかしているようでもあったが、彼の顔はうす笑いを浮べていた。

「ほほう。そうですか。みんな解っているんですか」と、星野も図太く笑った。「……まあいいでしょう。お手柔らかに頼みます。私を捕まえる時には大蔵大臣も御一緒にお願いしますよ。……今日はそんな野暮なはなしじゃなくて、もっと大きな御相談なんです」

葉山の別荘の問題は、たったそれだけの会話で、終りになった。星野としては法務大臣が指令をして自分を逮捕させるようなことは万々有り得ないという確信をもっていたし、神原としても検察庁の要求に従って、ただちに星野の取調べをさせるというようなつもりは無かった。

そんな事をやって誰が喜ぶかと言えば、新聞社の社会部と政治部の記者が喜ぶだけのことだった。政界に余計な波風はおこさない方がいいのだ。その時だけは神原の手柄のようになるかも知れないが、そういう廉直の士は、結局政界で出世することは出来ないのだということを、神原は知っていた。

「実はね神原さん、電力建設会社がやりかけている九州のF——川の工事ですよ。あれに関連した問題で、地検が動いているらしいですな」

「うむ、そうらしいね」

「御存じですか」

「多少はね」

「あれを、どうするおつもりですか」

「別に何もきめていませんよ。それが、どうしたんです」

「ちょっと困りゃしませんか。寺田さんも当然被告になりますよ」

「寺田さんはもうやめたんだから、構わんだろう」と、大臣は冷淡な言い方をした。

「寺田さんばかりではありません。通産大臣、次官、やめた財部総裁と後任の松尾総裁、それから竹田建設、みんな訊問される立場です。しかしそれよりも何よりも、政治というもの、政治というものに対する国民の不信を招くことですね。それが一番大きな問題じゃありませんか。現在の政治への疑惑は、ひいては進歩的な野党を育てることにもなり、共産主義勢力を増加させることにもなります。それを考えたら五億や六億のかねの動きを追及することなんか、無意味ですよ。

もちろん法務大臣としては、不正をただすということには大きな意味があるでしょうけれど、不正を正した結果、国政に対する人民の信頼を失わせてしまったら、元も子もありません。五億の政治献金というのも、元はと言えば総裁選挙ですからね。私腹を肥やしたというのとは訳が違います。神原さんはまさか、病牀にある寺田さんを被告になさるようなお気持は無いでしょう」

「私は別にそんな風に事を荒立てる気はありませんよ。私は検察庁に何も命令したわけではないんだ。地検が問題を嗅ぎつけて調査をはじめたということらしい。秘書官が変死したりしているからね」

「あれは拙《まず》かったですな」と星野は言った。

「うむ、拙かったね。どうしてあんな事になったんだね」

「寺田総理の夫人ですよ。夫人が呼びつけて叱ったらしいです。夫人の名刺を持って行ったということから、お前がしゃべったんだろうという訳ですな。あの女には困りました」

「君は年じゅう寺田さんの傍にいたから、いろいろ困っただろうね」

「困りましたね。女は事をぶち壊しますよ」

「君も要心したまえ。なにかと噂が多い方だからね」と法務大臣は小股《こまた》をすくうような言い方をした。

官房長官はうす笑いをうかべた。苦笑というよりは、むしろ楽しそうな表情であった。その表情のままで、

「どうでしょう、必要ならば私から総理に相談してみてもいいんですが……」と言った。

「ふむ……まあ、必要ないね」

「大丈夫ですか」

「心配ないよ」

「実はね神原さん、私は検察庁よりも、本当は石原参吉の方を警戒しているんですがね。正確なところは解りませんが、あの男は何人も人を使って、いろいろな事を調査しているんですよ。さっき大臣から話が出ました私の葉山の別荘の件ですがね。あれもすっかり調べ上げて、東亜殖産の原本社長を脅喝しているんです。原本が私のところへ、どうしようかという相談に来ましてね。仕方がないからかねを出させました」

「いくら？」

「八百万で話をつけたそうです。石原もかねを受け取ったからには脅喝犯人ですから、もうあの事件を自分から暴露することは無いと思いますが、F—川ダムの入札事件も、あの男は調べているらしいですな。どうしたもんでしょう」

「そうかね。なかなかやるね。……いずれあの男は捕まえなくてはならん時期が来るだろう。

厄介な人物だよ」と言ってから、法務大臣は席を立った。

石原参吉は脅喝の既遂だから、逮捕することは何でもなかった。しかし逮捕したら公判をひらかなくてはならない。そこで脅喝事実を追及して行けば、東亜殖産の脱税にからんで、葉山の別荘問題をも正式にとり上げなくてはならない。星野官房長官はもちろん星野の要請を受けて、原本にきわめて寛大な処置をあたえた当時の裁判官までも追及され、あるいは法務大臣自身も責任の一部を背負わされることになるかも知れない。

したがってこの脅喝事件に関する限り、石原参吉を追及することは出来なかった。それが参吉の強味であった。彼は自分がこの事件のために決して追及されることは無いという確信をもって、原本社長を脅喝したものらしかった。狡猾で非道な政治家たちの、その弱点を参吉が懸命になってほじくり出していることの目的は、そういうところに有った。彼は八百万の現金をぬくぬくとふところに入れて、何喰わぬ顔をしていられるのだった。

それから二日たって、神原法務大臣は自室に検事総長を呼んだ。滝井検事総長はもう停年にちかい老人で、検察ばたけの最長老であった。（瘦軀《そうく》鶴の如き）からだつきをして、いつも黒い服をきちんと着ている人だった。首まで泥によごれた政治家たちとはおのずから違って、清潔な眼つきをしていた。法務大臣はこの長老に対して敬語を使った。

「あなたに少し訊きたいんですが、……地検の方でちかごろ九州のF―川ダムの問題を調査しているそうですが、どんな具合ですか」

「はあ。まだ私はこまかい報告は聞いておりませんが、……工事の入札にからむ汚職の疑いですね。どうも是れはすこし厄介な問題じゃないかと思っております。寺田前総理にも関係のある事件のようですからね」

「つまり土建業者から贈賄があったというような事ですね」

「贈賄に違いないのですが、名目は政治献金ということだと思います。政治家に対する贈賄はみな政治献金と称しておりますからね」

「そうしますと、それは犯罪であったと断定できますか」

「内容はたしかに犯罪であったようです。しかし従来の例から見ましても、法廷ではそれを犯罪とは断定し得ない……という風な解釈をしてしまうことが、たびたびございました。私たちとは解釈が違ってくるんですね。解釈と申しますか、立場が違っているとも言えるわけです」

「私の聞いたところでは、通産大臣や次官や官房長官や、それから場合によっては寺田さんの夫人までも関連があるらしいというような話でしたが……」

「はあ、どうもそうらしいです」

「そうすると、これは重大なことですな。もちろん摘発すべきものならしなくてはなりますまい。しかし社会一般に対する影響ということもあります。政治に対する民衆の不信感を、これ以上深めて行くような結果になっては、大問題です。いわゆる角を矯《た》めて牛を殺すことになっては困る。これはひとつ、慎重にやって下さいよ」

大臣は低い、きめつけるような言い方をした。滝井検事総長は唇を強く引きしめて、しばらく考えてから、

「政治家のあいだで、この事件のような行為が、どうも少し眼に余るように私は思います。これでは法治国とは言えません。むしろ私は徹底的にこういう事件を公衆の眼に晒《さら》してみてはどうか……という風にも考えますね」

「いや、検事総長、その御意見は解りますが、おのずから時期もあり、方法も無くてはなりません。いま内閣は変ったばかりです。新総理が前総理の罪をあばき立てるというようなことは絶対に困ります。そんな事が前例になったりしたら、政界は大混乱におち入ります。この際は是非とも、ひとつ慎重に考えてもらいたい。これは法務大臣として、私からお願いする訳です」

検事総長は痩せた細い背なかを見せて、静かに大臣室を出て行った。彼は今日明日のうちに東京地検にむかって、(F――川ダム不正入札事件については、影響するところ重大につき、最も慎重な配慮を希望する)旨を通達するであろう。そしてこの大汚職事件は司直の手をはなれる。誰ひとり法の取調べを受ける者もなくなる。法治国日本の刑法は一般庶民だけに適用されるものであって、政府の高官はその拘束を受けないもののようであった。

造船疑獄事件についての指揮権発動のときは、民衆ことごとく政府の不正を知っていた。し

かしF—川ダム不正入札事件は民衆の知らないうちに、指揮権発動とおなじようなことを、政府部内において、ひそかにやってのけた。（政治不信の念を助長せしめてはならない）ということがその名分であったが、既に政界は腐敗しつくしており、民衆の信頼をつなぐべき何ものも残ってはいないようであった。

身辺の不安

十一月二十八日、政府は閣僚の一部更迭を発表した。寺田前総理の突然の辞職によって、急に総理の座についた酒井和明氏は、ようやく準備をととのえて自分の政治体制をかためる仕事にとりかかったのだ。それはまた一カ月後にひらかれる通常国会を乗りきるための用意でもあった。

大川通産大臣、菊田外務大臣、近藤大蔵大臣は内閣を去り、したがって平井通産次官も辞表を提出した。それから星野官房長官も任をしりぞき、かわりに酒井総理の腹心といわれる長崎宗次郎氏が任命された。更迭はそれだけであった。総理は大事をとって、一度に多数の入れかえはしない方針のようであった。

病気入院中の寺田前総理の存在は、次第にわすれられて行った。彼の病状は良くなかった。

脳の中の腫瘍は奥ふかい所にあって、手術はほとんど不可能と考えられていた。したがって腫瘍の成長する速度が、すなわち彼の命脈が存続する時間の重さでもあった。言語障害に加えて運動障害があり、ときおり意識が溷濁するようであった。しかし彼の病状が新聞に報道されることも、次第にすくなくなっていた。

彼が政権の座をはなれると同時に、在任中にやっていたいろいろな無理な行為が、党内で暴露されてきた。その一つは総裁選挙のために党費を濫用したことであった。竹田建設から五億の献金を受けたが、まだその穴は埋めきれず、二億ちかい不正支出が残っていた。しかし酒井総裁は責任者の不正を世間の目に晒そうとはしなかった。政権交替のときには、多かれ少なかれ必ずそうした事件は起きてくるのだった。

総裁は党の幹事長を更迭し、官房長官をやめた星野康雄は総務会副会長として党務にあたらせることにした。酒井総裁としては寺田総理をめぐる汚職事件に関係ありと見られる人たちを、すべて閣外に去らしめる方針であった。それは、もしも不正事件が世間に知られたとき、それに関係した人たちが政府の現職にいては困る……という配慮からであった。要するに彼もまた、この不正事件はそっとして置こうという考えであった。時がたてば、自然に消えて行く。これまでにも政府閣僚の関係した多くの汚職事件が、そのようにしてほとんどみな消えて行ったのだ。……

十時すぎに客が来た。客は東京の或る区議会議員で鹿野相介と言った。本職は小さな証券会社社長ということになっていたが、実は石原参吉とおなじように闇金融をやっていた。そして証券界の情報を参吉に通報する、参吉の情報網のひとりでもあった。

彼が持ってきた新しい情報は、東京でも一流の大証券会社が、倒産しそうだという報告であった。そのために社長や常務が大蔵省に日参して援助をもとめたり、酒井総理を官邸に訪問して懇請したりしている……という話だった。鹿野は十五分にわたって熱心にしゃべり続け、石原参吉は苦い顔をして煙草をすいながら、うん、うんと聞いていた。

聞き終ってから参吉は、例の重い暗い口調で、

「知ってるよ。大体お前さんの言う通りだ」と言った。

先月なかば頃から、そんな動きはあったのだ。参吉は危ないと見て、その証券会社との取引きをやめ、持ち株はほとんど手放したあとだった。情報をつかむことにかけては、参吉の方がずっと早かった。

客が帰ると、彼は自分で電話をかけた。電話帳に名前の出ていない、秘密の電話だった。相手は赤坂の、萩乃の家だった。女中が取りついで、萩乃が電話に出た。年よりもしわがれたような、疲れた声だった。

「お早うございます」と彼女は言った。

「ああ。わたしだ。まだ寝ていたのか」

「いいえ、いま起きたところ。ゆうべ遅かったのよ」

「また麻雀《マージャン》だろう」

「そうなの。寝たの、けさの三時よ。ねむいわ」

参吉はそれには取りあわないで、

「十二時に行くからな」と、自分の用事だけを言った。

そのあとで代議士の神谷直吉から電話がきた。

「石原君？……民政党の神谷だよ。いそがしくなってなあ、少々御ぶさたしておったが、いっぺん御馳走したいなあ。築地あたりで一つどうだね」

「ああ、有難う」と参吉は気のない返事をした。他人から御馳走されることは好きでなかった。食事のあとで必ず何かを要求されるにきまっていた。石原参吉のような男に向うから近づいて来る人たちには、それだけの打算がある。彼を利用しようという計算がある。それが解っているので、参吉は無用なつきあいを嫌がっていた。

「ところでなあ石原君、いよいよ国会もちかづいて来たからね。例の件だがね、あれをひとつ本格的に研究しようと思うんだよ」

「例の件って、何だね」

「あれだよ。F——川の電源工事の不正入札事件だよ。あれをね、本格的に研究して、国会でもって政府を追及してやろうと思っとるわけだ。だからね、それには是非とも君の協力を求めなくてはならんと思っとる」

「わたしは何も知りませんよ」と参吉はつめたい言い方をした。

「そんなことは無いよ。君の持っている調査資料を見せてもらいたいんだ。え？……いいだろう君」

「私の調査なんて、いい加減のもんだ。それよりあんたは国会議員の資格で、電力建設会社でも通産省でも竹田建設でも、じかに当って調べてみたらいいでしょう。あんたはそういう有力な立場にいるんだから、何だってやれるじゃないかね」

「うむ、それはそれでやってみるがね。しかし吾々の調査というのは君、表向きの資料だけしかつかめないからね。たとえば誰と誰とが何月何日の夜、赤坂のどこの待合で会ったという風なことは、吾々には解らんのだよ」

「そんな事は私にも解りませんな」

「まあまあ、それはともかくとして、君の資料を見せるだけ見せてもらえないかね」

「私の資料というのは、他人に見せるためにこしらえている訳ではないんでね。門外不出ですよ。いろいろ私の秘密もあるからね」と、参吉はどこまでも冷たい態度だった。

これまでに神谷直吉に資料を教えたことは何度もある。しかし石原参吉は神谷を信用してはいなかった。神谷に資料をあたえたのは、国会関係の情報を彼から聞き出すための、見返りだった。彼から得られる分だけ、彼に与えれば義理はすむ。しかし神谷の情報というのは、あまり正確なものではなかった。

F—川ダム工事の不正入札事件は、前総理を中心に五億のかねが動いた大事件だ。神谷直吉はその事件を国会でとり上げて政府を追及すると言っているが、その事が先ず参吉としては納得できなかった。神谷は与党の代議士である。与党でありながら、政府閣僚の関係した大汚職事件を追及するために資料をあつめるというのは、党に対する裏切りだった。いずれは党内でも問題になるに違いない。それを神谷が敢えてやろうというのには、何か別の計算があるに違いないのだ。

その計算が、石原には解っていた。神谷は腹のなかの汚ない男だった。大言壮語しながら、本心は汚ない男だった。石原参吉は脅喝もやり詐欺もやり脱税もやっている。しかしそれは彼の技術であり彼の作戦であった。法網をくぐり、相手の弱点を突き、正面から闘いを挑んで勝つという戦術であった。法律的には多くの不正を犯して来たが、人間的には神谷のような汚ない男ではなかった。

F—川問題の資料は、たくさん有る。しかし是れを神谷に提供したらどうなるか。神谷は国会で質問し、政府を窮地におとしいれ、彼は売名に成功するだろう。選挙区においてますます(良い顔)になれるだろう。そしてそれ以外にも或るところから大きな(利益)を吸収するだろう。要するに得をするのは神谷だけだ。

それと同時に、神谷の質問の資料が石原参吉から出ているということは、政府の情報機関には直ぐにわかってしまう。(石原は危険だ。あの男を放って置いては困る……)という意見が、必ず政府与党内で強くなって行くに違いない。参吉の身辺は不安になってくる。そんな危険を冒してまで、神谷のような信用のおけない男に資料を提供する必要はないのだ。

「二、三日うちに、また連絡するからな」と神谷は最後に言った。「お礼はするよ君、うんとお礼はするよ。だから一つ、考えて置いてくれたまえ」

彼がうんとお礼をすると言ったのは、それだけの収入があることの証拠だった。神谷という男はハイエナ(猟狗《りょうく》)のように、屍肉をあさるたちの男だった。あの男と取引きするのならば、取れるだけ取ってやりたいと参吉は思っていた。

十二時すこし前に、参吉はひとりで事務所を出た。街に降りてタクシーを拾う。萩乃のところへ行く時には自分の車は使わなかった。極秘の情報網を他人に知られないための要心だった。

萩乃は食卓をととのえて待っていた。この狭い家のなかには女の匂いが満ちている。参吉は正妻を持たない男だった。妾宅は三軒あるが、どの家にも泊り込むことは殆ど無かった。女好きであるが、女に魂をかたむけることはしないのだ。

小さな床の間には菊が生けてあり、食卓の下は電気ごたつになっていた。萩乃は冬になると和服を着て、茶羽織をかさねていた。たんすの抽出《ひきだ》しから彼女の情報メモをとり出し、参吉の前に置くと、炬燵の向う側にすわって、

「ああ、ねむくって駄目……」と、ため息のような言い方をして、鈍い笑顔を見せた。「わた

し麻雀、好きでしょう。誘われると、やろうかって云う気になるの。いけないわね」

参吉はそれには答えずに、この数日の萩乃のメモに眼を通していた。例の倒産のうわさのある証券会社の専務が、産業銀行の頭取と会っている。その翌日は証券会社の社長が日本銀行の前総裁と会っている。前総裁に何かのあっせんを頼み込んだものと思われる。

「ゆうべは星野さんが民政党の人たちを五、六人招待なさってね。何て云うのかしら、つまり今度官房長官をおやめになったでしょう。だから、これから後の御相談じゃないの？……水月亭の若いおかみさんがまた、麻雀が好きなんですよ。あの人に誘われるとわたし、駄目なの。でもゆうべは六千円ぐらい勝ったわ」

「星野は何か言っていなかったか」と参吉は沈んだ声で言った。

「いいえ、別に。……でも、何とか云うほかの代議士、髭《ひげ》を生やした、こわい眼つきの人よ。その人がね、石原参吉は捕まえた方がいいって、星野さんに言っていましたよ。あいつは政党の裏面をうんと調べているらしいから、ほって置いたら危ないんだって。……そうなんですか。……星野さんは、（解ってる解ってる）って言ったわ。わたしこわかった」

「怕がることは無い。あの連中に何ができるもんか」

「いいえ。私はね、あなたが怕かったの。あなたって、そんな怕い人かしらと思ったの」

参吉は眼をあげて萩乃を見た。夜の座敷では島田のかつらをつけるが、日中は髪をみじかく切ってパーマネントをかけた頭だった。女中が持って来た料理を、彼女はひとつずつ炬燵板の上に取っていた。その手つきの女らしいしなやかさを、参吉はじっと見ていた。彼をこわいと思った女に、参吉は新鮮な（女）を感じ、逆に近寄ろうとする気持になっていた。もうこの女とも永い年月だった。

箸をとって食事をはじめながら、

「今夜はどこか、約束があるのか」と言った。

「お座敷？……有るわ」

「それ、断わってもいいか」

萩乃はしばらく考える風で、黙って箸をうごかしていた。参吉の気持はわかっていた。ときおり彼女はお座敷をことわらなくてはならなかった。そういう時、参吉は彼女を連れて洋風の大きなホテルへ行くのだった。夕方から二人で食事をし、風呂をあび、十一時すぎまで水入らずの時間を過す。そのとき萩乃は、自分がこの老人のかこい者であることを、身にしみて感じる。その代り経済的には全く安心であったし、将来の不安もなかった。

「あとで、断わって置きます」と、彼女は声を低くして言った。「御都合のいい時間に、電話を下さるわね？……わたし美容院へ行きますから、四時からあとに電話して下さい」

そのホテルの部屋というのは、十畳と十二畳ほどの二間《ふたま》続きで、一年を通じて石原参吉が借り切りにしている、秘密のかくれ家だった。ホテルの人たち以外は誰も知らない、彼の極秘の穴倉だった。一番大切な彼の秘密文書なども、この部屋の金庫のなかにかくされているのだった。

情勢がすこしずつ悪くなっている……と、食事をつづけながら参吉は考えていた。民政党内部では彼を逮捕した方がいいという意見が多くなっているようだ。逮捕される理由はいくつも有った。闇金融による彼の利益は極秘であったから、税金は一銭も払ってはいない。葉山にある星野の別荘にからむ脅喝事件もある。そのほか闇の手形を振り出した者から八百万円をしぼり上げた事件とか、密輸入された金塊を横領した事件とかいうものもある。どの一つも、相手側には告訴できないような弱味があるのだった。したがって参吉を逮捕し、彼の悪事をすべて調べ上げるとなれば、政界財界は鼎《かなえ》の沸くような大騒ぎになるに違いない。

それが石原参吉の強味だった。彼は自分の立場は安全だと信じていた。しかし政治家には政治家の策略がある。逮捕しておいて、それから何をやるか判らない。最悪の場合には未決につないだまま彼を殺すという方法だって、無くはない。政治家たちの神経を刺戟しないように、すこし要心した方がいいかも知れないと、彼は思った。

夕方、参吉は事務所から萩乃に電話をかけた。

「まあ、遅いのねえ。もう六時よ。四時からずっと待っていたわ」と萩乃は鼻にかかった口調で言った。

参吉は萩乃に、築地にあるすっぽん料理の店まで来るようにと言った。ホテルでの食事はひと眼につき易いから、わざと別の所をえらんだのだった。

食事は二人きりだった。萩乃は地味な洋服に焦茶のコートを着て来た。そうしていると芸者とは見えなかった。しかし参吉の盃に酒を注いだりすると、手つきや身のこなしに彼女の職業が現われた。

「お前な、ひとつ言って置くがな……」と参吉は低い静かな声で言った。「政治家連中がなんだか、おれを捕まえたがっているそうだが、……当分そんなことはあるまいと思う。つかまったって、どうせ直ぐ出て来るがね。しかしそうなれば、きっと事務所は全部家宅捜索されるからな。

大事な物はみなホテルの方に運んで置こうと思う。あそこなら誰も知りやしない。だからさ、おれのいないあいだ、お前は毎月一度ずつホテルへ行って、あの部屋代を払っておいてくれ。部屋代をためると、世間に知れるからな。その分のかねは近いうちにお前に渡しておく。……わかったな」

「ほんとに捕まりそうなんですか」

「わかったかと言ってるんだよ」

「ええわかったわ。でも、大丈夫かしら……」

事務的な打合せよりも、萩乃は参吉がつかまるかどうかの方が心配だった。それが女の真情であり、女の頼りなさでもあった。

参吉はあまり食べなかった。酒も二本程度だった。それを萩乃は、酒が弱くなったと思って、見ていた。参吉は六十を五つ六つも過ぎていた。彼の年を、女は考えているのだった。厚い唇をいつも少し開いて、口で息をしているようだった。心臓が悪いのかも知れないと、萩乃は思った。からだつきは少しぶよぶよしていて、運動不足のようだった。

食事を終ると車を呼んで、二人でホテルへ行った。七階の廊下の突きあたりにある、静かな部屋だった。ステンレスの小型ロッカーのような、鍵のかかる函《はこ》がいくつも置いてあった。それが参吉の極秘の書類だった。

「おい、すこし按摩《あんま》をしてくれ」と彼は言い、下着だけになってベッドの上に横になった。

「ちょっと待って下さいよ。洋服って窮屈ね」と言って、萩乃は服をぬいだ。そしてシュミーズだけのしどけない姿になって、参吉の肩と背とを揉んだ。

参吉は眼をとじて、うん、うんと唸りながら揉まれていた。それからいきなり、

「俺を捕まえたら、星野も牢屋《ろうや》へ行くぞ」と言った。

萩乃は答えなかった。女にとっては興味のおこらない話題だった。それよりも彼女は、わざわざ女をホテルに連れてきて、按摩だけに満足している参吉の、体力のおとろえを味気なく思っていた。

脅迫と誤算

神谷直吉は前の通常国会では決算委員会と外務委員会とに名をつらねていた。そして彼自身は個人資産十億とうわさされ、東北地方の山村にかなり大きな牧場を持っており、地方都市のガス会社の株主重役であり、酒造会社の社長でもあった。次の国会でも彼は決算委員会の委員になることにきまっていた。

十二月なかば過ぎの或る午後、郷里から上京して来た観光団一行七十名を東京駅に出むかえ、五分ばかりの短い挨拶をしてから、バスで彼等を旅館へおくりとどけておいて、彼は国会議事堂の裏手にある議員会館にもどって来た。神谷代議士の事務室は二階にある。

若い女秘書が番茶の支度をしていた。来客はほとんど絶えたことが無い。代議士の仕事の半分以上は、客に会い、客から物をたのまれることであった。

客は政治新聞の古垣常太郎であった。黄色い長い顔にさびしい笑みをうかべて、彼は椅子から立ちあがった。煙草くさい男だった。

「よう。今日は何だね」と神谷はいきなり言った。

「今日はひとつ、お願いなんですよ」

「うむ。お願いにもいろいろ有るが、何だ」

「また僕の資料を、買ってもらいたいんです」

「ふむ？……何の資料だね」

「あれですよ。F——川の入札問題です」

「このまえ買ったじゃないか。あれだろう」

「いえ、もっといろいろ有るんです。僕としては或る人に多少の義理がありまして、実をいうと黙っていたいことなんですが、背に腹はかえられませんでね」

「義理をすててもかねがほしいというわけだな」

「その通りなんです。実はね、僕の新聞社で一人、どうしても馘にしなくてはならん男がいるんですよ。放蕩《ほうとう》無頼で、手を焼いているんですが、そいつに出してやる退職金がないんです。ひとつお願いします」と、古垣は膝に手を置いておじぎをした。

「君の社内のことは私の知ったことではないが、資料は筋の通ったものなら買ってやるよ。それは確かなものか」

「絶対確実です。だって、僕が直接に体験していることですからね。あやふやな点はひとつも有りません」

神谷代議士は時計を見て、

「いまから五十分、時間がある。聞けるところまで聞いてみよう。録音するよ。いいか」

「はあ、結構です。しかし僕の名前だけは外部に出さないでおいて下さい」

「かねはいくら欲しいんだ。それも前以て聞いて置こうか」

「できれば十万円、お願いします」

「ふむ？……高いな」とつぶやいてから、神谷は女秘書を呼び、テープ・レコーダーを持って来させた。

それから古垣はためらい勝ちに話しはじめた。電力建設会社の財部前総裁と、半蔵門の近くの末広旅館の奥の一室で会ったときの話が主だった。その話のなかには通産大臣も星野官房長官も登場してきた。寺田前総理の夫人が出したという名刺を見せられたという話もあった。その名刺のうわさは神谷も聞いていた。古垣はその実物を見たというのだ。

「本当に君は見たのか」

「たしかです」

「その名刺を財部のところへ持って行ったのは誰だ。官房長官がじかに手渡したのか」

「秘書官が持ってきたというような話でした」

「秘書官の名前はわからないか」

「わかりません。しかし……」

「しかし……？」

「もしかしたらあの人じゃないかと思うんです。これは僕の想像ですが……先月か先々月か、アパートの屋上から落ちて死んだ人があったでしょう。官邸の秘書官ですよ。あれは過失死という発表でしたが、あの人じゃなかったかという気がするんです」

「話が面白すぎるな」と神谷はつぶやいたが、彼の眼は緊張していた。獲ものを見つけた獣のような顔だった。政界の腐敗をなげくというよりは、その腐敗のなかから自分の利益を盗み取ろうとする、狡猾な緊張だった。

結局五十分の約束を越えて、彼は一時間二十分も録音テープを廻した。それが整理されて、やがて神谷代議士の調査資料になる筈だった。彼は一万円の紙幣を十枚、はだかのままで古垣に渡した。古垣は暗い顔をしていた。

何かの会合に出かけて行く神谷と、古垣はいっしょに玄関に出た。神谷は自分の車にのって、すぐにいなくなってしまった。古垣は玄関のまえに置き去りにされた。彼のポケットには十万円の現金がはいっていたが、気持は明るくなかった。財部前総裁にはいろいろな恩義があった。もしかしたら今日の告白で、財部に何か迷惑がかかるかも知れない。財部に会わす顔がないような気持だった。

冬の日はもう暮れていた。議員会館から首相官邸の横の坂道をくだると、溜池の街は眼の下だった。そのごたごたした街のなかに、彼の事務所がある。自動車の部品屋の二階にある、木造の汚ない部屋だった。

異母弟古垣欣二郎は机の上に足をのせて、夕刊を読んでいた。女事務員の遠藤滝子は帰り支度の化粧をしているところだった。髪を赤く染めて、眼のふちに青いシャドウをつけ、小さな陶器の玉をつらねた腕輪をつけていた。女であるという事以外には取り柄のないような女だった。

古垣は自分の部屋にはいり、煙草をつけ、

「遠藤君、もう帰っていいよ」と、となりの部屋に声をかけた。もしかしたら欣二郎もいっしょに出て行くかも知れないと、古垣は思っていた。ここしばらく、滝子との交渉は中断していた。滝子はまた欣二郎の情婦にもどっているのかも知れなかった。窓の外を都内電車がきしりながら走り、バスが走り、乗用車が警笛を鳴らし、さわがしい街だった。

古垣の机の上には、政界の裏ばなしのような怪しげな話を書きつらねた原稿が、書きかけのままひろげてあった。彼はもう何年も、こうして政界に喰いついただにのような仕事をしながら暮して来たのだった。新聞は週一回か十日に一度ぐらい発行されるが、誰ひとり本気で彼の原稿を読んでくれる人はいない。ただ悪評を書かれるのは嫌だから、購読料と称して何程かのかねを与えてくれるのだった。彼の筆は大げさに大臣や次官や代議士たちの行動を、論評したり酷評したり賞讃したりして来たけれども、政治家たちと古垣常太郎とのあいだには、何年たっても少しも変らない、大きな格差があった。古垣はほとんど終生、この程度のいいかげんな新聞発行人にすぎない、それ以上にはなり得ない人物のようであった。

遠藤滝子が社長室をのぞき、あいさつして帰って行った。（では、おさきに……）と言って頭を下げたとき、彼女は片方の眼をちょっと閉じて、笑って見せた。意味もなく、ただ男ごころを誘う仕草であった。緑色の、仕立の悪いコートを着ていた。清潔さのない女だった。欣二郎は煙草をくわえたまま、黙って夕刊を見ていた。

「おい……」と古垣は弟を呼んだ。「お前の退職金を借りて来たからな。ちょっとこっちへ来い」

欣二郎は夕刊を顔のまえに開いたまま、うす笑いをうかべて、

「へえ……いよいよ馘かね」と言った。しかし彼は立って行こうとはしなかった。

古垣は自分から欣二郎の方に歩いて行った。そして弟の顔のまえにハトロン紙の封筒をつきつけた。

「もう少しまじめにやってくれれば、おれはいつまでもお前を世話してやろうと思っていたのだが、お前と俺とはどうも巧く行かないようだ。このかねの有る間に、なにか良い仕事を見つけるんだな」

欣二郎は机から足をおろして、封筒の中から紙幣を引きだしてみた。一万円の紙幣が七枚はいっていた。欣二郎はそれを元の封筒におさめながら、

「これはつまり、退職金かね」と言った。

「そうだよ。もっとやりたいが、それが今の俺にはせい一杯なんだ。お前は広告料なんかを黙って使い込んでいるからね。まあ、文句は言うなよ」

「わかったよ。退職金はこれで沢山だ。もうひとつの方も何とかしてほしいな」

「もうひとつって、何だ」

「遠藤滝子だよ。まさかひとの女を横取りして、ただという法はなかろうからね」

そういう言い方はやくざめいた脅迫の口調だった。常太郎は負けなかった。

「そんなものは出せないね。滝子はお前の女房じゃあるまい。ただの女だ。お前は嫌われただけの話だ。お前は横取りなどと言っているが、滝子はお前が嫌だから俺の方へ来たんだ。あいつの自由意志だよ」

「ああ、そうかね。兄貴はそういうつもりかい。そんならこっちも覚悟があるぜ」

「ふん、滝子に未練があるなら、あいつを連れて行け。俺は何とも思ってはいないんだ。お前に自信があるなら連れて行ってみろ」

言いすてて、常太郎は自分の机にもどり、いらいらしながら煙草をくわえた。

隣の事務室ではすこしのあいだ、欣二郎ががたがたと歩き廻る音がきこえていたが、やがて間の戸口から彼の顔がのぞいた。

「じゃ、兄貴、さようなら。永いあいだお世話になりました。また近いうち、遊びに来るぜ。用事が少々、残っているからな」

常太郎は答えなかった。大きな躰をした異母弟が木造の階段を踏んで、どしんどしんと降りて行く足音が消えると、急にこの部屋はからっぽになったような気がした。彼の新聞社もあたらしく内部を立て直して行かなくてはならない。あれもこれもちぐはぐになっていた。

その夜、彼はひとりで街に出て酒を飲んだ。気持がさびしくて、飲まずにいられなかった。そのかねは、神谷代議士に資料を売ったかねの一部であり、恩義のある財部前総裁に迷惑がかかるかも知れない性質のかねであった。彼は何かいやな予感がしていた。悪いことが自分の身に起って来そうな、一種の不安な気持だった。


竹田建設会社の朝倉専務は、自分の部屋の片隅に置いた椅子型の電気按摩にかかっていた。腰をかけてボタンを押すと、首と肩と背筋と腰とにこまかな振動がつたわって来る。運動不足のうえに宴会疲れもかさなっていた。来客や仕事のあいまあいまに、老齢の彼はこの椅子に坐る。痩せて骨ばかりのような上半身がぶるぶると慄《ふる》えつづける。そして肩のこりがとれ、腰の疲れが休まるような気がするのだった。

机の上の電話が鳴った。朝倉はワイシャツのままで立ちあがり、椅子のボタンを押して振動を止め、受話器をとった。秘書課からであった。

「専務ですか。……あの、衆議院の神谷さんという代議士のかたからお電話ですが、どう致しますか」

専務は神谷直吉の名は聞いていた。会ったことは一度もない。

「用件は何だね」

「はあ、直接にお話しすると申しておられます」

朝倉はすこし考えた。相手が代議士とあっては、無下にことわる訳には行かなかった。民間の事業会社は政治家に対して強い態度はとれなかった。神谷直吉については二、三の悪い噂も聞いているが、ともかくも電話を受けるより仕方がなかった。

スイッチが切りかえられ、相手の声がきこえて来た。

「もしもし、朝倉さんですか。……私はね、民政党の神谷直吉というもんですがね、衆議院のね。……」

「はあ、始めまして。……いつもお世話になっております」

「あのねえ朝倉さん、早速ですがね。あんたに一度お会いしてお話を聞きたいことがあるんですよ。お忙しいだろうが、一両日中にひとつ時間を取ってくれんですか。まあそうだな、二時間もあったら宜いでしょう。晩飯でも食べながらね。私が御馳走しますからね。赤坂でもどこでも……」

朝倉はいやな気がした。話の様子が何となくおかしいのだ。政治家が実業家を呼んで御馳走するというのは、政治献金をたのむというような話の時だけだった。しかし神谷に対して竹田建設会社が献金をすべき理由はない。

「それは、ちょっと見当がつきませんが、どういうお話なんでしょうか」と、専務は皺だらけの顔にさらに深い皺を寄せて言った。

「いや、なに、格別たいした話でもありませんがね。あと二、三日で国会も始まる訳だし、私の方もいろいろと、資料だとか調査だとか、用意して置かなくてはならんのでね。その前に一度お会いして、あんたから直接にお話を聞かせて貰おうと考えておるわけですよ」

神経を尖《とが》らせて朝倉は聞いていた。しかし神谷代議士はわざと用件の主題を避けているらしかった。それが朝倉には一層不愉快だった。忙しいからと言って断わることは何でもない。けれども断わった結果が良いか悪いか。その判定がつきかねた。

「どうもまだよく解りませんが……」と彼は言った。「どんな話を聞きたいとおっしゃるんでしょうか。それが解りませんと、どうも……」

「うむ、それはね、あんたのところの仕事のことですよ」

「仕事と申しますと……?」

「九州のF―川のね、いま大きなダム工事をやりかけておるでしょう。あれの事ですよ」

F―川の工事現場は、冬にはいって仕事がはかどらない。つい先程も担当の部長からその報告を聞いたばかりだった。十一月なかばの台風で小さな山崩れが起き、道路がふさがれ、トラックが通れなくなった。資材の運搬に手間どり、寒さと日が短いためとで、仕事は予定よりもかなり遅れていた。そのうえ人夫が思ったように集まらない。賃銀を上げれば集まるが、それでは予算が立てられない。……しかし神谷代議士はF―川工事の何が聞きたいのだろうか。

「そう致しますと、ダム工事の予定とか設計とか、そういう方面の事でしょうか」と朝倉はさらに問うた。

「いやいや、私はね、工事の方は一向わからないんだ。要するにね、世間で少々噂があったようだが、工事の入札とか、あなたの会社が落札したいきさつとかね、その当時のお話を少し聞かせて貰えれば、それでいいんですよ」

やはりそうか、と朝倉は思った。悪評の多い神谷代議士が何のために電話をかけて来たのか。その目的がようやく飲み込めたのだった。

「解りました。それでは私の方の時間をすこしやりくり致しまして、何とかお眼にかかるように致します。一日二日お待ち願いたいと存じます。私の方から先生の方へお電話を申し上げますから……」

朝倉はそう言って電話を切った。国会議員が本気になってあの当時のことを追及して来たりしたら、大事件になってしまう。これもまたかねで解決しなくてはならないか、と専務は思った。代議士はかねで動かすもの……ということを朝倉は知り尽していた。事実、彼等は毎年のように、いろいろな工事に関連して、いろいろな代議士に、政治献金のような賄賂のようなかねを贈っていた。それで以て何かにつけ、円満に仕事がはこんで来たのだった。

彼は民政党本部に電話をかけて、いまは総務会副会長をしている星野を呼び出した。そして神谷代議士からの電話の様子を報告し、その処置を相談してみた。

「なるほど。神谷君のやりそうな事だね」と相手は軽い調子で言った。「まあ君、一度会ってみたらどうだね。突っぱねても角が立つだろう。あとは君の腕次第だな。要するにかねだよ。一千万にするか二百万にするか。そこが勝負だ。もともと神谷君は、あの工事については何の利害関係もないんだからね。百万でも話はつけられるんじゃないかな」

「星野さんの力で何とか押えてもらうという訳には行かんでしょうか」と朝倉は言った。

「うむ、ところがね、神谷君というのはどこの派閥にも属していないんだ。一匹狼というと聞えは良いが、どこの派閥からも嫌われてね。私も実は碌々《ろくろく》話もしたことが無いんだ。だから私が頭から押えつけるという筋合いが無いんだよ」

「そうですか。解りました。何とかやってみます」と朝倉は言った。

与党二百数十人の代議士のなかで、神谷は孤立しているらしい。孤立した者が力とたのむのはかねだけだと、朝倉は思っていた。百万から二百万の間で話をつけられるだろうという計算が、彼の頭にあった。

そこに、聡明な朝倉専務のひとつの誤算があった。代議士を買収することに馴れていたために、誰でも買収できるもののように彼は考えていた。しかし神谷直吉はかねだけで動く男ではなかった。その誤算が、やがて一つの事件となって多くの関係者を悩ませるようなことになるのだった。

悪人と悪人

十二月の末に、通常国会の開会式があり、式が終って翌日から一月下旬まで、自然休会になった。その二十日ばかりのあいだが、次の国会に対する与党と野党との、あらゆる駆け引きの準備期間であった。

休会にはいった翌日、竹田建設の朝倉専務は神谷代議士に電話をかけた。これは老獪と言われた朝倉が、最も老獪にならなくてはならないような仕事だった。

「神谷先生、どうもお約束が遅くなってしまいまして、申し訳ありません。先日のお話ですが、今夜あたり時間の御都合はいかがでしょうか」

「やあ、どうも。私の方はいつでもいいんだ。あんたの方が都合つくようでしたら、今夜にして貰いましょう。場所はね、赤坂に約束しておきますから……」

「いいえ、先生、それはいけません。私の方で場所を取ります。のちほどもう一度お電話申します」

「いやいや、それはいかん。今夜のはなしは私の方から申し入れたんだから、私が部屋を取ります。これは研究費だからね。ちゃんと国会からそういう費用を貰っとるんだからね。あんたに御馳走して貰っては私が困るんだ」

朝倉専務はすこしばかり不安な気持になった。相手の神谷直吉の態度が、どうも思ったより強硬ではないかという気がするのだった。宴席の費用を朝倉の方に負担させまいというのは、朝倉から少しの恩義も受けたくないという態度のように思われる。それは神谷の強硬な意志のあらわれであり、御馳走ぐらいに縛られては損だという彼の計算もあるかも知れないのだ。

朝倉専務はまず最初に一歩を譲った。ゆずるより仕方がなかった。譲っておいて、そのマイナスをどこかで取り返そうと考えていた。

神谷直吉が指定してきたのは、坂本という小ぢんまりとした料亭だった。暖房をした部屋のガラス障子の外に、小笹の葉が茂り八ツ手の葉が茂っていて、高い塀にかこまれた静かな場所だった。朝倉専務は初対面のあいさつをしながら、相手の人柄を見ていた。神谷はにこやかで、機嫌がよかった。むりやりに朝倉を上座にすわらせてから酒肴《しゆこう》を出させ、人を遠ざけた。

「ところで先生、お話と申しますのは、どういうことでしょうか」と朝倉は自分から話をさそった。「何ですか、F——川の問題だとか……」

「なに、大したことじゃないが、F——川ダムはどうです。もう着手していますか」

「はあ。まだ付帯工事の段階でして、ダムの本体は来春からになります」

「あの工事の入札については、あんたも相当に無理算段をやったらしいな。私はいろいろ聞いとるが……」と言って、神谷は声をあげて笑った。

その笑い顔を見て朝倉は、これはかねで済む……と直感した。本当の正義感でも何でもない、神谷には国政を正そうという誠実な意図などあるものではない、と彼は考えた。そこで朝倉も腹を据えることが出来た。

「それにつきましては、先生もすでに御承知と思いますが、要するに根本にさかのぼれば寺田総理ですよ。寺田前総理と酒井現総理との総裁争いですよ。ですから先生だって、どちらかに味方をなさった訳でしょうが、ああいう総裁選挙というのはどうも困りますな。われわれ民間業者まで捲き添えにされてしまって、四苦八苦いたしました。ああいう事は今後決して起らないように、私は先生にお願い申したいですね」と、朝倉ははじめから逆手に出た。罪はお前の方にあるのだ、というふうな言い方だった。

しかし神谷代議士は、

「そうですか。そんなに四苦八苦したのかね……」という、体をかわすような返事をした。

「ふむ……具体的に言うと、どんなところで最も苦労したのかね。やっぱり入札問題かね」

「ええ、まあ、いろいろですよ」

「あの時はもう電力建設の方は、総裁が変ったあとだったね」

「さようです。松尾総裁になってからです」

「財部総裁はやめさせられたのかね」

「その辺は私はよく解りません」

「財部総裁の退職金は大変な金額だったという話だね」

「そうですか。私は何も存じません」

「君の方と財部総裁とは仲が悪かったらしいね」

「いえ、別に悪いということはございません。だいたい大きな工事は業者のあいだで協定しておりますから、廻り持ちになります。そうしませんとお互いに立ち行きません。電力建設の工事も大手五社か六社で、たいていは順番に落札して行きます」

「そんな事が出来るのかね」

「それは協定しておりますから、大してむずかしくはありません。競争ばかりしていては業者は共倒れになります」

「なるほど。……ところで竹田建設は寺田さんに、政治献金をいくら出しました」と神谷は急に切り込むような質問をして来た。

「うむ……」と朝倉は渋い顔になって「それはまあ、御勘弁願います」と言った。「こんなことを申しては失礼かも知れませんが、政治家のかたがたとわれわれ業界とは、外見はちがいますけれども、中身はひとつ穴の貉《むじな》ですよ。またそうでなくては政界も立ち行かないし、われわれ業界も立ち行きません。先生もそんなことはとっくに御承知と存じます。したがって、もしも吾々のやって参ったことを、あれが不正だ、これが不正だと、洗い立てることになりましたら、それは同時に政界の不正、もっとはっきり申しますと現在の保守党政府の不正というものが、ことごとく明るみに出てしまいます。その結果だれが得をするか。……誰ひとり得をする者はございません。

こういう所を先生、ひとつじっくりとお考え願いたいと存じます。われわれと致しましても、不正なことはやりたくありません。不正な行為は高くつきます。吾々は得をしながらやっている訳ではありませんよ。正当な手段で仕事ができれば、それが一番安上りで、一番もうかります。政界とのつながりで、政治献金の付いた仕事なんて、全く馬鹿くさいものです。それでもそれをやらなくては、業者が立ち行かない。これは先生、土建業界何十年来の癌です。ところが政治家の方はどうかと申しますと、政治献金がなくてはやって行けない。そこで何をやるにも政治献金の付いたようなかたちにしてから民間にやらせたがる。……F—川ダムにしたってそれです。始めからその話です。寺田さんは献金をしてほしい、出す気があるか、出す気があればあの工事をお前の方にやろう。……そういうお話です。

先生、業者は弱い立場です。大枚の献金をさし上げ、世間からは不正呼ばわりをされ、あげくの果てに先生のような方が、当時の実情を調査するとおっしゃる。……吾々は立つ瀬がありません。私はつくづく、民間業者というものが嫌になりました」

それもまた朝倉の巧妙な話術だった。業者の苦衷を訴えながら、悪いのは政治家だと説明しているのだった。神谷直吉の出鼻をおさえてしまうような言い方だった。だから朝倉は盃《さかずき》を置いて、二人の間の大机の上に痩せた肩を乗り出すようにして弁じたのだった。

しかし彼のそうした弁舌も神谷代議士には通じなかった。

「ところがねえ朝倉君……」と彼はずるい微笑をうかべて言った。「わたしはどこの派閥にも属しておらんのだ。寺田からかねをもらったことも無いし酒井に買収されたことも無い。わたしは国会にもう十三年もいるが、いかなる業者にも買収されたことはない。政治献金をもらったこともない。清廉潔白なんだ。あんたの話はわかるが、だからと言って政治家と業者との腐れ縁をこのままにして置いては、国家の将来はまことに寒心に耐えん。私はね、今度こそひとつ腹を据えて、寺田前総理をとりまく不正事件、F——川ダム建設にからむ不正入札事件を、徹底的に追及してやろうと思っとりますよ。

これはあんた、国家国民のためであり、政治家としての私の最大の義務だと考えております。私のこういう仕事を、あるいは寺田派の連中は妨害するかも知れん。しかしね朝倉君、千万人と雖《いえど》もわれ行かん、私はやりますよ。断じてやる。まあ見ておって下さい。私はこの大疑獄事件を国民大衆のまえにことごとくさらけ出して見せますよ」

朝倉は頭を垂れて聞いていた。こういう大言壮語には、面とむかって太刀打ちする術《すべ》はない。しかし彼は困惑しながらも、神谷という男の真意を考えていた。彼が本当に邪悪をにくみ国政を正そうというのであれば、それをいまここで、朝倉にむかって宣言する必要があるだろうか。贈賄をやった本人を眼のまえに置いて、(やるぞやるぞ)と宣伝めいた身振りを示す必要があるだろうか。

要するにこの代議士はF—川ダム不正入札事件を摘発するぞといって、贈賄者を脅迫しているに過ぎないのだと、朝倉は見抜いた。朝倉の方から、何とか穏便にお願いしますと、頭を下げてかねて包みをさし出すのを待っているのだ。脅迫者たちがよく用いる、判りきった手段ではないか。……

だから朝倉は却って表情をやわらげ、姿勢を崩した。相手の弱点を見つけたからには、こんな代議士をこわがる必要はないという気持があった。

「いや、どうも、先生の清廉なお気持には敬服いたします。政治家というものはすべからく、先生のような清らかな態度を堅持していただきたいものです。……しかしですなあ先生、理想と現実とはとかく喰い違うことが多いようですし、また現実の世の中というものは理窟通りにも参りませんよ。F—川ダムの入札にはいささかの不正もございました。けれどもダムはちゃんと出来ますし、三十万キロの電力は確実につくられます、最終目的はそっちの方なんですよ。不正入札はその過程に於ける一つの疵《きず》ですな。疵はやがて治ります。全治一カ月でも二カ月でも、疵は治ります。

この疵を洗い立てて、寺田総理が悪いとか通産大臣が悪いとか、政界に波瀾《はらん》をおこしてみても、世にぬすびとの種は尽きまじでしてね。政治と不正事件とは縁が切れるもんじゃありませんよ。先生もそれは万々御承知じゃありませんか。

竹田建設はね先生、決して責任のがれは致しません。裁判でもって有罪だとおっしゃるなら、いさぎよくお縄を頂戴いたします。しかし、それで宜しいんでしょうか。……寺田前総理だけじゃございませんよ。総裁選挙の不正はF──川ダムの不正なんかと、けたが違いやしませんか。先生はF──川ダム事件を摘発すると申されますが、その前にもう一つ、総裁選挙の不正はなぜ摘発なさらないんです。そっちの方が先じゃありませんか。いかがです。……」

これは急所だった。神谷直吉は返事に窮した様子だった。窮したままでおけば相手はまた窮余の策を用いて来るに違いない。だから朝倉は先手をとって、急に声を上げて笑い、

「まあまあまあ……理窟を申せばいろいろでございますが、ねえ先生、こういう事はなるべく角を立てないように、穏便にお願いいいたしたいですな。われわれ土建業界といたしましては、今後ともどうぞ宜しく、と申さなくてはなりません。政治献金もできるだけは致します。その代りお役所の仕事を廻していただきたい。要するに持ちつ持たれつ。それで今日まで政界も業界もやって来られた訳ですよ。先生の清廉なひと筋な正義感はよく解りますが、水清ければ魚住まずとも申します。その辺のところ、お察し下すって宜しくお見逃し願います。これは竹田建設ばかりじゃございません。土建業界全体の気持として、どうぞ穏便にお願いしたいと存じます。……ねえ先生」

神谷直吉は言い負かされたかたちだった。こうした交渉ごとの弁舌にかけては朝倉の老獪さにくらべて、神谷は一本調子で単純だった。彼は憮然とした姿で、

「まあ、君の言うことも解るがね」と言った。

朝倉専務はその言葉を一つの好機と見た。ここでもうひと押しすれば、この話は万事解決すると計算した。そこで彼は内ポケットから、用意してきた白い角封筒をとり出し、神谷の前にうやうやしく押しやった。

「先生、これは今夜の、ほんの手土産がわりの物ですが、お収めおき願います。どうぞ……」

すると神谷は肥った顔にわざとらしい曇りを見せ、短い髭を撫でながら、

「ふむ?……これは、何です」と言った。

「いえ、ほんのお土産がわりですから……」

「そう。何ですか……」とつぶやくように言って、彼は封筒を手にとり、封をひらいて見た。見ると同時に彼は、たちまちその封筒を丸めて朝倉の顔に投げつけた。封筒は机の上に落ちて朝倉の盃を倒し、酒が流れた。

「君は何だか、誤解しているようだね」と神谷は低い声できめつける言い方をした。「……君はそんなはしたがねで私を買収するつもりかね。私を何だと思ってるんだ。いやしくも一国の立法府に名をつらねている国会議員だ。何十万の選挙民にえらばれて国政に参与している者だよ。……自分の犯した不正事件を世間の眼から掩《おお》いかくし、不正の罪をのがれようとして、君はさらに再び罪を犯そうとしているんじゃないか。恥を知れ恥を……」

朝倉専務は顔を伏せて、相手の罵声を聞いていた。どうも彼の方になにか誤算があったようだった。しかしそんな筈はない。朝倉は神谷の心底をはっきりと見きわめてから、包みがねを

さし出したのだ。彼は確信をもっていた。しかしなぜ神谷はいきなり怒りだしたのか。……「改めて君に言っておくがね……」と神谷はすこし切口上になっていた。「私はF—川ダム不正入札の問題を、この国会でもって徹底的に追及する決心だ。その結果はおそらく刑事問題にもなるだろうし、政界からも君たちの業界からも多数の縄つきを出すかも知れん。君の方で何か私を押えつけるための画策でもやるつもりがあるなら、今から準備して大いにやりたまえ。正義が勝つか邪悪が勝つか。堂々と争ってみようじゃないか。

君は、さっきの言葉から察するに、政界と業界との不正な腐れ縁は当然のことで、持ちつ持たれつだ、などと思っているようだが、私はね、国家百年のために、今こそこの腐れ縁を断ち切り、乾坤一擲《けんこんいってき》の大手術を敢行して、真に清潔な政治をうち立てる覚悟でいるんだ。君のような不潔な業者はことごとく法廷に送ってやるから、首を洗って待っていろ。わかったか。……解ったら帰れ。帰りたまえ」

朝倉専務にとっては完全な失敗だった。失敗の原因は何であったか。（金額がすくなかったのかも知れない）と彼は思っていた。

しかしいま差し当っては、相手の激怒、（あるいは激怒しているような相手の身振り……）を、これ以上刺戟しないことが必要であった。彼は下座にさがって畳に両手をつき、「先生、何ともはや、御無礼をいたしました。今夜はこのまま失礼させて頂きまして、改めて御詫びに参上いたします。ごめん下さい……」と言い、そのまま座を立った。

待たせていた車に乗り、帰るみちみち、朝倉は何とも言えない嫌な気持だった。というよりもあの神谷という代議士を、何とも言えないほど嫌な男だと思った。こけおどしの大言壮語、右翼団体の連中が使うような大袈裟な言葉、脅迫じみた態度、きざな身ぶり。……どう考えてみてもあの男が政界浄化を目ざして本気で努力しているとは信じがたかった。してみればあれは神谷の芝居であっただろうか。芝居だとすれば、何のための芝居であったろうか。

　しかし朝倉も図太い男だった。神谷という男にどの程度のことがやれるものか。それをゆっくり見さだめてから対策を考えても、遅くはないだろうとも思っていた。聞くところによると神谷直吉は、保守党のなかのどの派閥にも属していない、どの派閥からも嫌われている男だという話だ。よく言えば一匹狼、悪く言えば孤立無援だ。党内の誰からも支持されていない孤独な男に、何程のことが出来るものかという、見くびった計算もあった。だから朝倉は、神谷がこれから先どんな動き方をして行くか、しばらく何もしないで見ていてやろうと思った。

　ただ神谷が、何をやり出すか解らないような恥知らずな男だと聞いていただけに、一応は星野に今夜の様子を知らせて置こうと考えていた。星野は総務会副会長になっていたから、党内のとりまとめにはかなりの力を持っている筈だった。神谷が党規を乱したり、党の利益に反する行動をするような場合には、星野の力でそれを押えつけることだって、出来る筈だ。朝倉は腹を立てていた。場合によっては星野を通じて民政党幹部にはたらきかけ、次の選挙には神谷を公認候補から外すという方法で、神谷を逆におどすという方法も、やればやれるのだ。負けるものか、と朝倉は思っていたが、それでも何かしらあの男が不気味で、嫌なあと味が腹のなかに残っているような気持だった。

説得効を奏せず

年末に竹田建設の朝倉専務から、神谷直吉と会談したいきさつについて、電話で報告をうけとったけれども、党総務会の星野副会長は急には動かなかった。

神谷は決算委員会の委員になっていた。彼が正式にF──川ダム入札の問題をとり上げて質問をするとすれば、決算委員会でやるよりほかはない。星野は神谷直吉をほかの委員会に廻してやろうかとも考えてみたが、委員会の割り振りはもう決定していて、急には動かす方策が立たなかった。第一、どこの委員会も神谷を委員に入れたがらないという事情があった。

神谷は本当にやる気だろうか。……星野は先ずそれを疑っていた。F──川問題を追及して行けば、寺田前総理も大川前通産大臣も、そして星野自身も、渦中の人物にならざるを得ない。そのため党自体が国民の信頼を失うことは眼に見えている。してみれば党員であるところの神谷としては、当然再考しなくてはならない筈だった。だから星野は一月末、国会が再開されるまで、何もしないで様子を見ていた。

寺田前総理は辞職以来じっと入院をつづけていた。病状は良くなかった。脳の奥の方にある腫瘍は、やはり癌であるらしかった。手術は不可能である。ただ抗癌物質の注射その他で病状の進行をおさえているに過ぎなかった。政権慾にかられて党費の経理にまで大穴をあけ、土建業界を引きずり込んで大汚職をやってのけた、その結果が現在まで尾を曳いていることを、当の本人はもはや忘れていたかも知れない。意識は曇り、発言機能はほとんど失われていた。

或る午後、星野は前総理をその病室に見舞った。患者は見るかげもなく衰えていて、傲然《ごうぜん》として首相の座にあった頃の姿はどこにも無かった。そのとき星野は直感的に、(この人を被告にしてはいけない……)と思った。彼が現役の政治家であるならば、どんな苛酷な処遇をあたえてもいいが、今は無能力者であり、再起不能の廃人である。F—川事件はともかくとして、この数年間は国政を担当して心を砕いて来た人なのだ。この人を刑事被告人にしてはいけない。……

それは寺田氏に対する彼のいたわりであると同時に、星野自身もまた疑獄事件から逃れ得るという計算もまじっていた。彼ははじめて積極的に、神谷直吉の不穏当な行為をおさえなくてはならないという気持になっていた。

二月のはじめ、星野は院内の廊下で神谷と行きあった。昼食の直後で、神谷は爪楊枝《つまようじ》をくわえていた。酒を飲んだらしく、額のあたりに赤味がさしていた。

「ああ、神谷君、きみにちょっと相談があるんだがね」と星野は立ち止って言った。「……ちょっと二、三十分時間があるかしら」

「ああ、いいですよ。何の話ですか」と答えた神谷の口調は、ひどく機嫌がいいようであった。星野はすぐに横手の扉をあけてみた。国会対策委員会が使っている部屋で、楕円形《だえんけい》の大テーブルのまわりに肱かけ椅子が並べてあり、人はいなかった。二人は並んで腰をおろし、先ず煙草に火をつけた。煙草のけむりの上るのが会談のきっかけみたいだった。

「実はね神谷君……きみに聞きたいと思っていたんだが、君は決算委員会だったね」

「そうですよ。それが、どうかしましたか」

「ふむ。……実はね、私はちょっと心配しているんだが、聞くところによると君は決算委員会で、何だか重要な質問をするつもりらしいね」

「ほう……誰がそんなことを言いました?」

「いや、誰がという訳ではないが……それは本当かね」

「おかしいね星野君……」と神谷は爪楊枝を嚙みながら、皮肉めいた笑いをうかべた。「僕はまだ質問の通告もなにもしていないよ。どうしてそれが君にわかるんだね」

「それはまあ、われわれのところにはいろんな消息がはいって来るからね。君は何だか、重大な問題について資料を集めているという話だが、本当かね」

「まあ、そうさね、重大な問題があれば、国会議員としては資料をあつめて研究してみるくらいの義務はあるだろう」

「なるほど。……それで、研究の結果、やはり君は委員会で質問をする考えかね」

「まだそこまで研究していないね、正直なところ」

星野は煙草をもみ消しながら、ななめに神谷の顔を見て、うす笑いをしながら、

「神谷君はずるいな」と言った。

「冗談じゃない。狡いのは君の方じゃないか。君の話って、何だい。本筋を言いたまえよ、本筋を……」

「うむ、じゃ、言うがね。……君が資料をあつめている例のF―川ダムの問題、あれはひとつ慎重に考えてもらいたいと思うんだ。事は重大だからね。わかるだろう君……」

「はてな？……もう少しはっきり言ってくれないかな。僕は頭が悪いんでね。遠まわしな言い方をされると誤解するよ。……ねえ、事は重大だというのは、重大だからどうしろというのかね。重大だからやめろというのかね」

「いや、だから、慎重に考えてもらいたいと言っているんだ」

「なるほど。……慎重に考えろというのは、充分に資料をそろえて、まちがいない証拠をつかんで、それからやれということだろうね。そう解釈していいわけだろうね……？」

そこまで聞いて星野は、この神谷直吉という男がだいたい解ったような気がした。彼は星野とまじめに話をする気はないらしい。星野のみならず、人を寄せつけまいとするえこじな気持になっている。では神谷はそれほど大きな正義感をもって政界と業界との汚職事件を摘発しよ

うとしているのか。……そうは思われない。何かもっと狡猾な打算をもっているに違いない。神谷は年末に朝倉に会っている。（あの当時の事情を聞きたい）と云うのが目的であった。朝倉が自分に不利な資料を提供する筈はない。その夜の会談自体が、誰が考えても非常識である。その非常識をぬけぬけとしてやっているのは神谷の方に別の目的があったからにほかならない。つまり朝倉を狼狽させるのが目的だった。あるいは恫喝することが彼の目的だった。星野はいまはじめて、神谷直吉がかねがね評判の悪い人物と言われていた、その実体を見たような気がした。

こういう男には、どういう態度で話しあいを付ければいいか。……星野はそれを思案してみた。恐らく高圧的な姿勢で立ちむかっては相手を硬化させるばかりであろう。

「実はねえ神谷君……」と星野は柔らかい口調で話しかけた。細くて白い女のようなきれいな指で、机の上のマッチを弄びながら、肥って脂肪のたまった神谷の顎や頬に静かな眼を向けているのだった。

「つい四、五日まえ、私は寺田さんの病院へお見舞いに行って来ましたよ。なにしろ私は三年以上もあの人の下で官房長官をして来ましたからね。まあ、どちらかと言えば大胆不敵な、傍若無人なところのある人でしたが、病気以来見るかげもない衰えかたでしてね。頬がやつれて、顔が長くなりましたよ。頭はもうほとんど真白になって、あの頃の俤《おもかげ》はどこにも無いんですよ。現職の時代にはいろいろと非難もあったろうが、それは誰しも同じことでね。とにかく何年かのあいだ、国政を担当して寝食を忘れてやって来られた、その事を思うと私はどうも、いたましい気がして涙が流れましたよ。せめて私はね、病床にある寺田さんは前総理という名誉ある地位のままで、最後の時を迎えてもらいたい……そう思うんだね。もう永くはありません。せいぜい半年じゃないかな。あの人をね、被告の立場に追いやって、検察官が臨床訊問に出向くというようなことは、あまりに悲惨じゃないかと思う。……ねえ神谷さん。そう思いませんか。あなたも同じ民政党に籍をおく人としてねえ」

星野はこういう説得方法には自信をもっていた。相手は何とか譲歩してくれるものと期待していた。ところが神谷直吉は声をあげて笑った。

「ははあ……。武士のなさけかね。そんななさけは俺は持たねえな。正邪をただすのは国会議員の義務ですよ。ねえ星野君、武士のなさけにかこつけて、邪悪に眼をつぶれと言うのならば、神谷直吉は承知しないよ。どこまででもやるよ。お前さんたちみんな、数珠《じゅず》つなぎにして裁判所に送りこんでやるよ。前総理が何だ。寺田が何だ。現在の総理だって悪いことがあれば俺は堂々と摘発してやるよ。それでこそ国民の信頼をになった国会議員というもんじゃないかね。まあ、理窟を言えばそういうことになるが、俺は何も事を荒立てようなんて考えていやしない。ただね、資料を研究してみて、それからゆっくり考えますよ。え?……星野さん、あんたは総務会副会長だろう。あんたがこんな事で心配するのは、少々筋が違うんじゃないか。決算委員会の質問のことなら、そっちの仕事を担当している者がいるだろう。あんたはまあ、安心していなさい。それとも御自分の身辺が不安なのかな。……まあまあ、神谷直吉はそんな意地わるはしませんよ」

最後はまた声に出して笑い、話を中断したままで彼は席を立った。

神谷代議士が決算委員会の委員長に質問の通告を提出したのは、二月のはじめであった。質問の主旨は、(九州F—川ダム造築に関する電力建設株式会社の経理について疑問の諸点を糾す)……ということになっていた。そしてその内容は、要するに工事が竹田建設の入れた最高価額に落札されたことへの疑問と、そのために約五億乃至五億五千万の不当支出が約束されており、それは通産省を通じて国家予算の不当支出となっているのではないか、というものであった。

決算委員長は政府与党に属する早川義信という温和な人だった。彼はこの質問通告を見て眉をひそめた。あの事件に関して深い知識はないが、悪い噂だけは早川も聞いていた。しかも質問をするのは札つきの神谷直吉である。この問題はほじくって行けば嫌なことになりそうだと、彼は思った。しかしだからと言って、国会に於ける議員の言論は最高の権利であって、正面からそれを封じるわけには行かない。

早川委員長は党の国会対策委員長横川発次郎に、党の方針として神谷直吉の質問を撤回させるようには出来ないものだろうかという相談を持ちかけた。委員長の立場は国会関係であるから、委員の質問をおさえる訳には行かないが、党の方針として、党が神谷の発言をおさえるのは党内問題であって、世間の非難を受ける理由はない筈だった。

横川発次郎は六十ちかい老練な政治家で、野党との交渉ごとも談笑のうちに進めるという性質の人であった。彼は早川からの相談を受けて、院内の自分の部屋に神谷直吉を呼んだ。窓の外にはめずらしく小雪がちらちらしていた。

対坐するとすぐに、

「ほかでもないがねえ神谷君……」と委員長は言った。「私は党の立場として君にすこし相談したいんだよ。例の、君が質問通告をしている電力関係の、あの問題だがね」

「ふむ、あれが、どうかしましたか」と、神谷はそらとぼけるつもりらしかった。

「私は詳しいことは知らないが、君の質問の内容はどうも、少し疑問があるんじゃないかね。つまり党の立場を不利にみちびくようなものじゃないのかね」

「そうですな。多少は不利なこともあるかも知れませんね」と神谷は居直ったかたちで言ってのけた。「しかしねえ委員長、僕ははっきりと言っておきますがね、いいですか、僕は民政党に忠節をつくすよりは、国会議員として国民に忠誠をつくしますよ。国民主権だからね。国民の利益のためには党の利益なんか問題にしませんよ。僕は決算委員の一人として政府の財政を検討する義務があるんですからね。おかしな事があったらとことんまで追及しますよ。そんなこと、当りまえでしょう……？」

「まあまあ、理窟はその通りだがね」と横川は柔らかく受けて、微笑した。神谷のようなたちの男とは、まともにぶつかってはならない。それでは相手がますます硬化する。懐柔というようなやわらかい態度で当らなくてはならないと、横川は知っていた。

「……しかし君、とにかく一国の政治というものは、正論だけでは円滑に動いて行かないからね。或いは清濁あわせ呑む態度も必要だろうし、あるいはまた大の虫を生かす為には小の虫を殺さなくてはならんとか、いろいろな事がある訳だ。君の正義感は貴いと思うが、そのために政界を混乱におとしいれたり、党の立場を不利にしたりしては、やっぱり困るからねえ。それを少し考えてもらいたいと私は思うんだ。君も党員のひとりなんだからね。数百人の党所属議員の利害ということだって、やはり重大だよ君……」

「それじゃ、なんですか。委員長は僕の質問通告を撤回しろと云うんですか」

「できる事ならば、そうお願いしたいね。もちろん議員としての君の言論の自由はあくまでも尊重するが、要するに君の質問の目的は国家財政を正しく運用させるということだ。それならば必ずしも国会という公開の場所で質問をしなくても、筋道を通して電力建設会社の財政を調査する方法もある。会計検査院というものもある。……つまり党に大きな不利を与えたり、政治を混乱させたりすることなしに、国家財政を正すという目的を達成する道が、なくはないんだよ。だから願わくばそういう方法をとってもらいたいと私は思うが、どうだろうね」

「できませんね」

「うむ……どうして出来ないのかね」

「会計検査院が不正支出を指摘して、それが刑事事件になった例がありますか。ひとつも無いんじゃないかね。これはね委員長、刑事事件ですよ、一大疑獄事件ですよ」

「それが困ると云うんだよ。それでは事を荒立てることになるじゃないか」

「あなたは事件をうやむやにしようと云うんですか。そういう了見だから政治家は堕落したと言われるんだ。僕は許さないよ。僕はこんな不正事件を知っておりながら知らん顔はできないんだ」

「しかしねえ神谷君、それでは君は政界を混乱におとし入れた責任を取れるのかね。この事件が刑事問題になったとして、どこまで君は追及するのかね。誰と誰とを逮捕させるつもりかね。政界ばかりじゃないよ。土建業界も大混乱だ。追及して行けば過去の大きな土木事業には、いろいろな汚職や不正事件がからまっているが、それをことごとく白日のもとに晒す自信があるのかね。君だって噂によれば政治献金と称して或る貿易会社から八百万円とか貰ったことがあるらしいが、そういうところまで追及してみたら、どうなるのかね」

「ほほう。これは面白いな」と神谷直吉は笑った。「ひとつお互いに、やれるだけやってみようじゃないかね。泥仕合だ。民衆はよろこぶよ。それでわが政界百年の汚濁をきれいに洗い流すことが出来たら、日本のためにこんな良いことは無い。どうです、横川さん、本気でそれをやってみようじゃないかね。はッは……」

神谷はわざとらしく大声で笑い、話の結論はつけないままで委員長の部屋を出て行った。

星野康雄も横川発次郎も、神谷直吉を説得することに失敗した。失敗は、神谷の本当の腹のうちを知らないからであった。彼等が説得しようとした話の筋道は、政界の混乱をまねくこと、党の不利をもたらすこと、の二つであった。

神谷はその位のことはよく知っていた。しかしそんなことで意志をひるがえすような男ではなかった。党内では孤立無援の立場にある神谷直吉にとって、党の不利ということについては考慮の余地はなかった。自分は痛くも痒《かゆ》くもないのだ。政界の混乱ということも、一代議士にすぎない神谷のような男にとっては遠いはなしだった。

彼がぜひとも決算委員会で質問をしようと考えていたことには、もっと別の計画があった。ひとつにはこの汚職事件を追及することによって、自分の選挙区で名をあげたいことであった。これはまたと無い機会である。党の不利よりも政界の混乱よりも、彼自身の選挙地盤の方が大切であった。

それからもう一つ別の目的もあった。それはやってみなくては解らない、一かばちかの勝負だった。資料はすべて集まっている。準備はすべて整っている。あとは質問の日を待つばかりだった。大義名分はそろっている。誰に聞かれても恥ずかしいものはない。星野や横川は政界の混乱をおそれていたが、神谷にしてみれば政界に混乱をひきおこすことが出来れば、それこそ大成功というべきものであった。

質問第一日

神谷直吉はそれからもう一度、決算委員会での質問をとりやめるようにという勧告をうけた。勧告というよりは要求であった。今度の相手は党の幹事長の斎藤荘造であった。幹事長と云えば党内の執行部の最高の地位である。斎藤が乗り出してきたということは、神谷の質問の内容を党が重大視していることの証拠であった。

「君、それはやめ給え。あんな問題を追及して何になるんだ」と斎藤は大きな眼をぎらぎらさせながら、最初からかさにかかった態度だった。「君の腹はわかってる。君は大向うの大衆に喝采《かっさい》してもらいたいんだ。そうだろう。ちかごろは民衆のあいだに政治に対する不信の感情が根強くひろがっている。君はそういう民衆の政治への不信感を利用し、彼等が喜ぶような材料を提供して、喝采を受けたがっているんだ。いわば君の売名じゃないか」

すると神谷は窓を背にして立ったまま、

「あんたがたはね、売名という名目で僕の発言を封じようとしているが、本当のところは政界の汚濁を民衆の眼からかくして置きたいんだ。その精神はまことに陋劣《ろうれつ》だね。僕はそんな汚ない連中の言うことは聞きませんよ。政界の混乱が何だ。一度混乱させなくては政界はきれいにならんよ。そうじゃないか幹事長……」

「君は党に大きな不利を与えても構わんというのかね」

「不利を与えるのが悪かったら、僕を除名したらいいでしょう」と神谷は言った。「しかし何という名目で除名するんだ。党員の汚職事件を摘発したから除名か。……こいつは世間のもの笑いだ。僕はね幹事長、はっきり言って置くよ。あくまでも僕の質問をやめさせるというのだったら、きっぱりと脱党するよ。脱党してから質問をする分には、誰も文句は言わないだろうからね」

老獪な幹事長はそこで自分の怒りを押えなくてはならなかった。神谷を追いつめれば、彼は脱党する。こんな代議士のひとりぐらいいなくなっても、党は少しも損失にはならない。むしろ党内がすっきりとするくらいのものであった。しかし彼が党籍をはなれてしまえば、それこそどんな痛烈な質問をするかもわからない。質問が政界の汚職問題にふれれば、新聞も書き立てるだろう。委員会議事録には一言一句残さず記録され、日本中に配布される。それを民政党としては、手を拱《こまぬ》いて見ていなくてはならない。

だからやはり神谷は党員にして置く方が好都合であった。党籍があるあいだは、やはり質問の鋒先《ほこさき》もいくらか党にやわらかくなるだろうし、質問の途中で彼に、（もう少しおだやかにやれ……）と耳打ちすることも出来るのだ。

そういう次第で斎藤幹事長もついに、神谷の質問を封ずることは出来なかった。あとはただ、彼がどの程度まで事件を暴露し、どの程度まで政界にショックを与えるか。その成り行きを見守るばかりであった。

二月二十三日火曜日。午前十時十九分開会。

出席者は決算委員会委員長以下委員十七名。通産大臣と次官。通産省公益事業局長。それに委員外の出席者としては刑事局刑事課長という肩書きを持つ検事一名。会計検査院長。同じく第五局長。参考人として松尾芳之助、若松圭吉《けいきち》、中村理一郎、それに財部賢三。

決算委員会の部屋はあまり大きくない。部屋の家具類もあまり上等とは言えない。窓には厚いカアテンがしぼってあり、冬の曇り空がさむざむと見えていた。傍聴者はおよそ四十人。新聞記者が半数で、あとは国会議員だった。

委員長の席は一段高くなっている。早川委員長は卓上の書類をひらいてから室内をずっと見わたした。そして形式通りの（棒読み）のような口調で言った。

「これより会議をひらきます。

国が資本金の二分ノ一以上を出資している法人の会計に関する件について調査を行います。

本日は本件調査のため、関係当局のほか、電力建設株式会社より総裁松尾芳之助君、副総裁若松圭吉君、理事中村理一郎君、同じく前総裁財部賢三君、以上四人の方に参考人として御出席を願っております。

参考人各位に申し上げます。発言をなさる場合には、委員長の許可を得て行なっていただきますようにお願いいたします。

次に委員各位に申し上げます。参考人よりの意見聴収は、委員の質疑により行いたいと存じますので、そのように御了承願います。

これより質疑に入ります。質疑の通告がありますので、これを許します。神谷直吉君……」

神谷直吉は今日の花形であって、縞のズボンに黒の上着をきて、黒のネクタイにダイヤの入ったピンを刺していた。肥満したずんぐりした躰《からだ》で彼は机のまえに立ちあがる。机の上にはひと風呂敷の書類と、書類を入れた折鞄とが置いてある。(これだけ資料がそろっているんだぞ)と、人々に誇示するために積み上げてあるようにも見えた。

電力建設会社の総裁、副総裁、理事、前総裁は、固い椅子にひとりずつ、一列にならんでいた。財部前総裁が末席であった。去年の八月、まるで叩き出されるようにして辞表を提出して以来、六カ月目にはじめて公的な席に姿を見せたという様子だった。彼はあれから今日までずっと無職だった。柔道四段の鍛えられた体格は、ひまを持てあましていた半年のあいだに、いくらか衰えて脂肪が減って来たように見えた。四十人ばかりの傍聴者の顔と、財部はまっすぐに向いあっていた。その中でひとり、軽く頭を下げて彼に会釈する顔があった。見ると、政治新聞の古垣常太郎であった。財部は気がついたが、顔を正面にむけたまま、会釈を返すことはしなかった。古垣にはこの六カ月、一度も会っていなかった。

「私はこの決算委員会で、電力建設会社のF—川ダムの問題を取り上げて調査していただきたいと考えておりますが、これにつきましてはわが党の中にも相当の反対があり、また眼に見えない圧力があったのでありますが、しかし私はこのF—川ダム建設が国民の血税を無駄にしておる点を明確にしたいというところから、特に委員長にお願いして是れを調査研究していただくことに致した訳であります。

ただ、私がこの問題をとり上げたことについて、奇妙な噂が飛んでおる。神谷は自己宣伝のためにあの問題を質問するのだとか、それで以て選挙区の人たちに自分を売り込むためだとか云う者があるようであります。これはまことに私といたしましては心外であります。いやしくも国会議員の一人として、私はいま一切の私心を断って、国家国民のためにその問題を糾明しようと決意しているものでありまして、この点を前以て明らかにしてから、本題にはいりたいと思うのであります」

神谷直吉は冒頭に先ずそういうことを言った。本題とは関係のないことであり、それ自体が神谷の自己弁護のようにきこえた。本当に私心を断って国家国民のためにこの問題を追及するのであれば、こんな長たらしい前置きは不必要であった。

「ところで本論に入ります前にひとこと申して置きますが、私は竹田建設株式会社や株式会社青山組とは一切何の関係もございません。竹田建設の竹田信次社長とは一、二度顔を合わせたことは有りますが、親しい話をしたこともなければお茶一杯ごちそうになったこともありません。それから深川組、大岡建設、高田建設も同様であります。

要するに神谷直吉は今回のF—川ダム建設に関係のあった土建業者とは、食事を共にしたこともなければ、仕事の世話をしたこともございません。もしあったならば、ここに刑事課長がおいでになりますから、ひとつ司直の手で以て調べていただきたい。

それからここには電力建設の総裁、副総裁、理事の方々が見えておりますが、私的には私と何の関係もございません。前総裁の財部さんとは以前この委員会でいろいろ質問などしたことがありますので、どこかで会えば、やあ今日は……という位のことは申しますが、食事をしたこともないし、親しく話をしたこともございません。いわんや御馳走になったとか政治献金をもらったとか、そういう関係は一切ございません。

こういう自由な立場におりますので、私は思いきって突っ込んだ調査もできるのであります。それは決算委員会の権威と名誉とにかけて、はっきりと申し上げておきます」

委員も傍聴者も退屈していた。神谷の自己弁護めいた言葉に耳をかたむける者はひとりもなかった。しかしこの長たらしい前置きの中から、神谷の真意は察しられる筈だった。彼の自己弁護は、内心に何か別の計算がある証拠であったかも知れない。それとももう一つは、委員会の質問の時間をできるだけ長引かせ、自分の質問で委員会を独占しようという風な意図もあったかも知れなかった。或る種の国会議員たちは、自分の発言が掲載されている官報付録を何百部も取り寄せ、それを選挙区のおもだった人々に送りつけて、議員としての貫禄を見せたがるということもある。神谷にもそういう風な心づもりがあるらしかった。

「さて、それでは本題にはいりまして、先ず松尾総裁におたずねします。このF—川ダムの工事請負契約について、世間では黒いうわさが流れておる。この真相はどうなのか。はたしてそんな事実は無いと断言できるのか。あるいはまたその黒いうわさの飛んでいる原因について、ひとつ明確にお答えを願います」

これでようやく本題にはいった。松尾総裁が立ちあがって、部屋の中央に置いてある丸テーブルの前に進み出た。茫漠とした表情の、やや小柄な、がっしりとした老人で、すこし関西なまりだった。

「私は昨年の八月末に総裁の任命をいただきましたが、それ以前にすでに工事請負人の有資格者として五社がえらばれておりまして、それを引き継いでやれということでございました。私は電力建設会社のやることはすべて公正でなくてはならないという考えから、役員会を招集いたしまして、業者の選定ならびに入札の方法、それから秘密保持ということにはいろいろ心を配っております。これは後に御質問がありましたら申し上げますが、予定額の算定につきましても、きわめて秘密裏に山奥へ行って計算をしたのですが、その行った先は私さえも存じておりません。大体は入社早々でございまして様子がよく解りませんので、主として若松副総裁にたのんでやって貰いました。

それからまた最低価額、ローア・リミットをきめる事につきましても、公正かつ秘密保持ということでなくてはいけないと、こういう方針で進めて来ましたので、その後に世間でいろいろと取沙汰されていたようではありますが、私は少なくとも、途中から関係した者ではありますけれども、公正を期することを念願としてやって来た訳であります。したがいまして世間ではどう考えていようとも、私としてはずっと公正妥当にやって参ったのだと、かように申し上げたいと存じます」

言葉数の多いわりには、煮え切らないような答弁であった。総裁の胸中には必ずや、この問題をふかく追及されたくない気持があったに違いない。彼の答弁には身をかわそうとする態度、質問から逃げようとする態度が察しられた。

それから技術的な質疑応答がながながと続いた。どうやって請負人を五社にきめたのか、きめた事の基準はどこにあるのか、ほかにも有力な業者があるのに、なぜそれは最初から外してしまったのか。……それを神谷直吉はしつこく問いただしていた。それが不正入札をおこなう一つの準備行動ではなかったかというような追及の仕方だった。

「どうも私はおかしいと思うんですがね。どうでしょう。あなた方が先ず五社を選定して、その五社に入札をさせて、その書類を金庫にしまっておいて、それから技術的な資料を調査した。つまり技術審査をしたわけです。それはどうなんですか。逆じゃないんですか。技術審査をして、有資格とみとめた者に入札をさせるという方が本当じゃないんですか」

「お答えいたします。これは私の入社以前の問題でもありますし、技術的な問題ですから、中村理事から御答弁申したいと思います」

中村理事が代って席を立ち、ロックフィル・ダムの説明、その工事の経験をもつ業者、機械力を充分に持つ業者、過去における工事実績などを基準にして、五社を選定した理由をのべた。

「それではおたずねしますがね」と神谷直吉はまた立ちあがり、わざとらしいゆっくりとした口調になって言った。「私の資料によりますと、電力建設会社は予定額を決定するために、特別作業班なるものをこしらえて、長野県の山奥の名前もないような小さな温泉場に派遣しておる。それは九月十日から二十四日に至るまで約二週間にわたって、人員もおよそ十名は居ったらしい。しかもこの中に理事が一名加わっておる。私の方にはその名前もわかっております。一体何のためにそんな山の中に作業班を派遣したのか。真に秘密をまもろうという意志があるのであれば、東京でだって秘密はまもれます。山の中へ行けば、人里はなれておって、誰も知らない所だから秘密はまもれるのだというのは、これは一種の言い逃れ、あるいは他人をごまかす為の策略ではなかったかと思われる。

その温泉宿には電話がついておった。これは確かです。しかも作業班の滞在中には、別にスイッチで切りかえる客室専用の電話機を特に工事をして付けさせておる。これは私の方で全部調査ずみであって、知らないとは言わせません。若松副総裁におたずねしますが、いまの電話の件、まちがい無いでしょうな」

若松副総裁は緊張に青くなったような表情で、答弁の席まで出て来た。

「その電話の件につきましては、やはり特別作業班といたしましては、技術的な面で本社の技術部と連絡する必要もございますので……」

「電話があったか無かったか、それだけおたずねしているんだ。どうなんです。有ったか無かったか……」と神谷直吉は質問者の席に坐ったまま、大きな声で言った。

「はあ……。電話は、ございました」

「それを聞いているんだ私は……」と神谷は立ちあがりながら言った。「それからもう一つ聞きますが、会社側は作業班が外部と連絡をしたりしては困るから、特に監視員二名をもって常に宿屋のまわりを見張っていたということは、間違いないでしょうな」

「はい、その通りでございます」

「それを私はおかしいと思うんだ。監視員は宿の外を見張っておる。ところが宿の中には特設電話があって、東京とじかに話ができる。これでどうなんですか副総裁、外部に対して秘密が守れると思いますか。そんなごま化しを世間が認めると思いますか」

「電話は、先にも申しましたように、技術的に疑問の点が生じました時に、東京の本社と連絡する。……あるいは作業班の中に病人が出るとか、東京に居りますその人たちの家族に何か不意の出来ごとが起ったというような時の、連絡用でありまして、決して内部の秘密を洩らすというようなことは有り得ません。またみんな一つ宿に居りますから、或る特定の者が秘密を洩らそうとしたにしても、それは事実上不可能のことでございまして……」

「いや、もう結構です。あなたがいくら陳弁してもそれは世間には通用しません。要するに山奥へ作業班を派遣したというのは、世間の目をごま化すための手段であったと私は見ております。その特設電話は外部に秘密を洩らしたのではなくて、内部に秘密連絡をするためだったかも知れない。即ち作業班が算定した金額を、本社の総裁や副総裁にひそかに連絡して知らしめる為に使われたかも知れない。……これは少なくとも、それをしなかったという証拠は無いのであります。したがって総裁と副総裁とは、封印された予定額の内容を、九月三十日に本社において開封する前から、知っていたのではないかと思われる節がある。……しかしこれは後に改めて質問することに致しますから、覚えておいて下さい」

居ならぶ委員たちも傍聴者も、神谷が精密な調査資料を持っていることに驚いていた。古垣常太郎もびっくりしていた。しかし彼だけは知っていた。神谷代議士が持っている資料の大半は石原参吉から出たものであった。参吉と神谷とのあいだにどういう約束があるかわからないが、参吉の極秘のファイルから借り出した資料にもとづいて、神谷は質問をしているらしかった。それは質問というよりは、何かもっと意地のわるい底意がありそうにも感じられた。相手をいじめながら自分の立場の優越を誇示しているようなものがあって、傍聴者の眼から見れば神谷の得々とした態度が、かえって小づら憎くさえも思われるのだった。

孤独な闘士

昼食のための一時間の休憩があった。神谷直吉は院内の議員食堂で鰻《うなぎ》弁当をたべた。たくさんの食卓で多勢の議員たちが賑やかに食事をしていた。中には酒を飲んでいる者もあった。神谷はひとりきりだった。彼のテーブルには誰もいない。話相手もなかった。彼はいつも孤独であり、孤独な心のなかでじっと何かと闘っていた。自分が党からも派閥からも置き去りにされていることは、よく解っており、その事に対する怒りもあった。（いまに見ろ、畜生……）と彼は思っていた。孤独であるからこそ、負けるものかという意地があった。

弁当をたべ終って、爪楊枝をつかっているとき、食堂の色の白い、肥ったサーヴィス・ガールが彼のところへ来て、「神谷先生、いまお電話がありましてね、決算委員長のお部屋までおいで下さるようにって……」と言った。

何だ……と彼は思った。また何か変な註文を持ち出されるのではないかという気がした。彼はゆっくりと一本の煙草をすった。休憩時間が終っても、（おれが出席しないうちは、委員会は開けないんだ……）だから急ぐことはないと彼は思っていた。

委員長の部屋までは、赤い絨緞をしいた廊下を百メートルも歩かなくてはならない。神谷は爪楊枝をくわえたままゆっくりと歩いて行った。すこし股を開いたような歩き方だった。

早川委員長はひとりきりで、サンドイッチと紅茶の食事をすませたところだった。六十ちかい枯木のようにきれいに痩せた人で、度の強い眼鏡をかけていた。

「やあ、どうも、お呼び立てしてすみません」と彼は柔らかな口調で言い、腕椅子に相手を招いた。「……なかなかどうも、神谷君の質問は辛辣ですな。しかしどうも、よく調査したもんですな。敬服しますよ。……ところでどうですか、君の質問の御予定ですがね。どのくらい時間がかかりますか」

「さあ、どうなるかな」と神谷は椅子の中で大きく足を組みながら言った。「……その時の都合でね」

「なるほど。……実はね、ほかにも質問の要求がいろいろ出されていましてね。少し急がないといけないんですよ。会期の終りになって審議ができなくなりそうでねえ。だから君の御予定も聞いて置きたいんだ」

「それはね委員長、相手の出方次第で長くもなれば短くもなる。そうでしょう。審議がすらすらと進めば早く終るし、呼び出した参考人や政府当局者が、まともに返事をしてくれないような具合だと、こっちはどこまでも追及して行かなくってはならん」

「まあ、それは御尤《ごもつと》もですが、委員会の運営上ね、私としてはなるべく短い時間で審議を終るように、御考慮を願いたい訳なんです」

「ふむ……要するに僕の質疑を早く打ち切れと言うんですか」

「いやいや、そうは言いません」

「しかし、あなたの本心はそれでしょう。早くやめさせたいんでしょう。僕の質疑は政府与党にとって具合が悪いんだ。幹事長も総務会副会長も僕の質問をやめさせようとした。今度はあなたの番だ。要するに政治家の汚職を摘発されやしないかということで、僕の口を封じるつもりなんだ。僕はやめないよ委員長。とことんまでやるからね。そのつもりでいてくれたまえ」

「これはどうも、困りましたな。私は全く事務上の御相談を申しているのですよ。委員長の立場は党にも政府にも所属したものではありません。どこまでも国会の運営について私はお願いしただけですから、誤解のないように願います」

「そうですか。それならそれでいいです。僕の質問時間はどの位になるか、まだわかりません。大事な問題ですからね。少々長くなっても御勘弁ねがいます」

　神谷は顔に怒りを見せて言い、腕時計を見てから立ちあがった。一度質問の機会をあたえられてしまえば、議員の立場は強かった。正当な理由なくして議員の言論が封じられることは無い。それを楯《たて》にとって神谷直吉は、どこまでもこの事件に喰い下って行くつもりだった。

　午後一時四十五分再開。午前に引きつづいて神谷直吉の質問がおこなわれた。

「松尾総裁におたずねします。あなたの先程のお話では、入札された五社の工事費が開封されたのは九月三十日ですね。そのときに特別作業班が算定した予定額も開封されたわけですね」

「さようでございます」

「あなたは会社の予定額を、開封以前に知っていましたか」

「予定額は特別作業班が厳封をして持ち帰りまして、それをそのまま本社の金庫に保管しておりまして、九月三十日に開封したわけでありますから、それまでは私は全く存じません」

「しかしね、特別作業班が持ちかえった予定額の書類は、ただちに金庫に入れられたのではなくて、総裁が二、三日持ち歩いていたという噂がある。この点はどうですか」

「そういうことは絶対にございません」

「たしかにそういう事実はありませんか。あなたは神に誓ってそれが言えますか」

「そのような事は絶対にございません」

「そうすると、変なことになりますね。あなたは予定額を知らなかった。同時に会社の理事諸君も知らなかった。会社の責任ある地位の人たちは誰も知らなかった。……少々のかねではありませんよ。四十六億とか四十八億とかいう厖大な金額、しかも国民の血税をあつめた国家の大切なおかねですよ。

その金額がいくらであるかを誰も知らないで、しかも役員会をひらいてローア・リミットを決定しておりますね。それは九月二十五日。まちがいありませんね」

「まちがいございません」

「二十五日の正午すぎの役員会において、会社が算定した予定額よりも、何パーセントかを値引きさせよう、土建業者にそれだけ勉強して安く請負わせようという訳で、その率をいくらにするか。しかしばか安い値段では工事の方が不安になるから、これ以下の入札値段は不適格とする、というところで一つの限界線を引こうとした。つまりローア・リミットをきめる相談をした。……財部前総裁におたずねしますが、こういう入札方法は以前にもあったのですか」

財部は迷惑そうな暗い表情で席を立ち、

「ええ……それに類するような入札方法はございました。しかしF──川の場合はすこし違います。何と言いますか、大変に慎重に考えておやりになっているように私は思います」と言った。含みのある言い方だった。大変に慎重に考えて……というのは、(慎重にごま化そうとした)……という意味かも知れなかった。財部の答弁そのものも慎重であったが、何かしら彼の心の底の憤懣がにじんでいるようでもあった。

「……そこでこのローア・リミットですが、役員会に於ては、全予定額から六・五%乃至八・五%を引いたもの、ときめた。これくらいの値引きならば信頼し得る工事ができるだろうという訳です。それから六・五%、七%、七・五%、八%、八・五%という五本のくじをこしらえて、このうちのどれかに決定しようという訳で、総裁がくじを引いた。そして七%ときまった。つまり予定額から、その七%を引いた金額を、最低価額ときめた。これ以下の金額を入札したものは失格ときめた。……ここまでは間違いありませんね。

私はね、それがおかしいと思うんだ。さきほど松尾総裁は、自分は予定額を絶対に知らなかったと言いましたね。四十何億と予想される巨額な予算です。特別作業班がつくったものが四十二億だか四十八億だか、あなたは知らなかった。……それを知りもしないで、ローア・リミットを決めるというのは乱暴じゃないですか。え？……これは全く以て非常識だ。小学校の子供に聞かせたっておかしいと言うでしょう。

四十八億ならば、業者に八％ぐらい負けさせてもいいが、四十二億なら、そんなに削っては工事が不安になるから、まあ六％の値引き位がいいところだ……という風に考えるのが当然じゃないですか。あなたは予定額を知りもしないでローア・リミットをきめておる。全役員がのほほんとして、あなたがくじを引くのを見ておった。こんな馬鹿な話ってありますか。あなたは何か肝腎なところをごま化しているんじゃないですか」

「お答えいたします」と松尾総裁が立って言った。「この入札の方法、ならびにローア・リミットの決定は、すべて、あくまでも公平に、かつ機密を厳守しようということから採用いたしましたことでして、私共の方にはごま化しも何もございません」

「あなたは肝腎なところを答えていませんね。全予定額を知らずにローア・リミットを決定したというのは、どう考えても乱暴じゃないですか。その点はどうなんです」

「公平と、機密厳守ということから、そういうことになりましたけれども、ローア・リミット七％と申しますのは不当ではないと考えております」

「どうもはっきりしませんね。そういう御答弁では私は満足できませんね。……ローア・リミットを決定するための五本のくじをこしらえたのは、どなたですか。副総裁、あなたではありませんか」

「私がつくりました」と若松が立って答えた。

「そのくじですがね。副総裁は自分みずから紙を切って五本のくじをつくり、それを五枚の封筒に入れて総裁に引かせた。……そこまでは解っておるが、そのくじの内容を見た者は、若松副総裁以外にはひとりもいなかったでしょう。どうですか。あなたはくじの内容を誰かに見せましたか」

「見せておりません」

「総裁におたずねします。あなたの引いたくじには七%と書いてあった。……その他のくじをあなたは開いて見ましたか」

「いいえ。見ておりません」

「そうすると、これは簡単な推理小説だ。……あなたが引かなかった他のくじにも、全部七%と書いてあったかも知れませんね。……若松さん、どうですか」

「そういう事は絶対にございません」

「あなたがた会社の幹部は、誰ひとり予定額を知らないと言いながら、平然としてローア・リミットを決定した。そのこと自体まことに奇怪だと私は思うが、ローア・リミットはくじを引くという形式を用いただけで、実は前以て打合せができていたのではありませんか」

「そういう事はございません。あくまで公平にやろうとした訳です」

「それでは若松さんにおたずねしますがね。……総裁がくじを引いた。四本のくじが残った。そのくじをあなたは、どうしました？」

「不要のくじですから、焼きすてました」

「あなたはその会議の席で、灰皿のなかで、みんなの見ている前で、四本のくじを封筒と一緒に破って、火をつけて燃やしましたね。私はそれが怪しいと思うんだ。不要のくじは、なぜ焼きすてる必要があるのですか。机の上に抛り出しておいたって何の不都合もおこる訳はない。それを副総裁は大急ぎで破って燃やしてしまった。つまり不要になった四本のくじは、ひとに見られては困るような物であったと考えられる。要するにくじは五本とも七％と書いてあったに違いない。そういういんちきな方法でもって、あなた方はローア・リミットを決定してしまった。……若松さん、この点はどうですか。正直に答えていただきたい。ここは国会ですからね。あなたが嘘の証言をするということは、国民全体に対して嘘をつくということになりますよ」

「私は正直にお答えしますが、くじには何の不正もございません」

「刑事課長、これはあなたもよく聞いておいて下さい。私はこの事件を告発するつもりですからね。副総裁はくじに不正はなかったと言う。そのくじをあなたはなぜ、大急ぎで焼きすてたのですか。その理由を私はどうしても聞きたいんだ」

「お答えします。くじは不要になったものだから焼きすてました。官庁でも会社でも、不要な書類は焼きすてるのが通例になっておりまして、別におかしいようなことではございません」

「くじの内容が秘密だから、焼きすてた訳ですね」

「不要になったくじは秘密ではございません」

「これは証拠がありません。証拠がないから副総裁はあくまでも不正は無かったと主張します。しかしここにいる委員諸君は、おそらくあなたの弁明では満足してはおりませんよ。話を次にすすめましょう」

神谷直吉は机の上に積みあげた資料のなかから、一冊のノートを取り出して頁をひらいた。質問はまだ事件の最初の一端にふれたばかりだった。質問をする神谷は次第に自信を強め、居丈高になって行き、答弁をする参考人たちは何とかうまく言いのがれをしようとする態度が感じられた。

「電力建設会社は資本金の九十％以上を国家が支出している。いわば国営会社です。この会社の建設事業を業者に請負わせるについては、一定の方式にしたがって入札をさせなくてはならない。入札とは、規定の工事を最も安く請負う者に、仕事をやらせるという方法であります。高い入札をした者は失格し、一番安い入札をした者に工事を託《たく》する。これが常識です。しかるにF―川ダムの入札結果を見ますと、安い方から言うと大岡建設の三十八億九千二百万。高田建設の三十九億五千百万。深川組の三十九億六千六百万。次に青山組の四十億八千八百万。……要するに竹田建設以外の四社は三十九億から四十億八千万までのあいだであり、その差はわずかに一億九千万程度。そのところに全部が入札しております。つまり是れが最も常識的な数字であり、誰が見ても妥当な数字であると思われます。おそらく深川組も大岡建設も、この数字でやれと言われれば、立派にダムを建設するに違いない。こんな金額では工事の方が信用できないというようなものではない。大岡にしても青山にしても高田にしても、立派な土建業者でありまして、会社の信用や名誉にかけてもいい加減な仕事がやれる筈はありません。ところが会社の役員会においてローア・リミットを七%と決定した結果、最低入札価額は四十四億七千三百三十万円。こういう数字が出てしまった。特別作業班が山にこもって作成した予定額は四十八億一千万です。まことに以て驚くべき数字であります。

一体作業班はどうしてこんな高い数字を算出したのか。私はまずこれが怪しいと思う。いいですか。大岡建設も青山組も高田建設もみんな玄人ですよ。一つの資本企業であり、株式会社ですよ。彼等の事業の目的は収益をあげることですよ。その連中が智恵をしぼって計算した結果、これだけの金額なら損はしない、或る程度の純益をあげることも出来るというのが、即ち入札価額ですよ。深川組は三十九億六千六百万円で立派にもうかる。大岡建設は三十八億九千二百万円で立派にもうけて見せると言うんですよ。素人の計算じゃありません。社運を賭けて彼等は入札しておるんだ。

しかるに特別作業班は四十八億一千万かかると計算した。これは一体何ですか。大岡建設の入札とくらべてほとんど十億ちかい差が出ておる。……電力建設会社がダム工事に支出するかねは通産省から出る。国家のかねであり、国民の税金ですよ。一体この予定額というのは何ですか。

若松さんに伺いたい。作業班はなぜこんな巨大な計算をしたのか。これはどういう訳なのか。ひとつはっきり御説明ねがいたい」

副総裁はすこし背を丸くして答弁の席に立った。

「御説明申します。作業班がつくりました数字は多少大きくなっております。つまり充分に予算を見つもる訳です。これはいつの場合も同様でありまして、今回だけが厖大な数字になった訳ではございません。しかしこれでは計算が大きすぎますので、業者に引き渡す前に、これを値引きさせると申しますか、つまり切り詰めた数字を出させるのであります。しかしあまり切り詰めては工事の方が不安になりますので、そこでローア・リミットをきめる訳であります」

「手順はその通りかも知れませんがね」と神谷直吉は言った。「……しかしあなたは、その一定の手順を、逆に利用したんじゃないのかね。つまりあなたの腹の中には、この工事を竹田建設に落してやろうという心づもりがあったのではありませんか。そのために予定額をうんと水増しさせたように思われる。大岡建設や深川組は笑っていますよ。あんな巨大な予定額をつくるために、山の奥に十日以上もかくれる必要があるのかと言っていますよ。……その結果はごらんの通り、入札した五社のうち四社までが、ローア・リミット以下の入札をして失格になってしまった。あなたはこれでもいんちきではないと言うんですか」

「入札はあくまで公正にやったつもりであります」と、若松副総裁はそっけない返事をした。

空虚な質疑応答

神谷直吉はノートを手に持ったまま、しばらく参考人たちを眺めていた。それからゆっくりした口調になって、

「私もここまで来たら、言いたくない事まで言わなくてはならん……」と言った。「総裁も副総裁も、それから理事の諸君もみんな腹をあわせて、F―川ダムの建設について不正入札をやったらしい。要するにあなたがたは始めからこの工事を竹田建設にやらせようという計画をもっていた。そこで先ず予定額として厖大な数字を組み、ローア・リミットを七%とすることを極秘のうちに決定し、七%と書いた五本のくじを用意し、あたかも厳正公平にやっているが如くに見せかけながら、他の四社の入札を見事に失格させてしまい、四億も五億も飛びぬけて高い入札をした竹田建設だけが合格して、まんまと落札するという驚くべきからくりをやってのけた。竹田の入札は四十五億二千七百万。その次の青山組とのあいだに四億四千万のひらきが

ある。こんな馬鹿な入札がどこの世界にありますか。松尾総裁にうかがいます。それでもあなたがたは入札に不正はなかったと言明できますか」

委員長に指名されて総裁は立ったが、質問に対してまじめに返事をする気持は全くないようだった。

「入札は申すまでもなく、厳正公平に行なったものでありますが、ただその結果として一番高額の入札をなさいました竹田建設だけが合格するということが、全く偶然にそうなったのでありまして、世間の疑惑を招いたことは遺憾でありますが、私共といたしましてはいささかも不正はございません」

これでは問題はすこしも進展しない。傍聴者も委員たちも少しばかり退屈しはじめていた。質問者はまた立ちあがって、

「委員長……」と言った。「本日の参考人はいずれも問題の急所をはずしたようなお返事ばかりしておられます。これでは全く時間が無駄であります。次回には竹田建設株式会社の朝倉専務、それから今日も来てもらいましたが、電力建設の財部前総裁、そしてもうひとり、日本政治新聞社社長古垣常太郎の三氏を、参考人として当委員会に呼んでいただきたい。これは是非お願いしておきます。

それから、質問を続けますが、今回の入札では竹田建設が四十五億二千七百万。その次の青山組が四十億八千八百万。これはローア・リミット以下で失格しておりますが、これをひとつ

若松副総裁におたずねしたい。F—川ダムの工事は四十億八千八百万では不可能ですか。……これだけの金額では完全な工事は絶対に出来ないと副総裁はお考えですか」

「お答え申します。……こういう大きな工事になりますと、工事費の方にもいろいろ弾力がございまして、どれだけなら出来る、どれだけなら出来ないという明確な線を引くことは、ちょっとむずかしいと私は考えます」

「そんなことを聞いているんじゃないんだ。ごまかさないで私の質問に、まっすぐに返事をして下さい。四十億八千八百万で工事は出来ますか出来ませんか」

「工事は出来ないとは申しません。しかし……」と若松は困惑した表情で言った。「しかし私どもが責任を以てこれで立派に出来たと言えるような工事をいたしますには、やはり現場へ監督に行きまして、いろいろ註文も出します。したがって経費もかかるのでありまして、竹田建設の入札は高いようではありますが、その分だけ吾々としては充分に責任のもてるような工事がやれるものと信じております」

「只今の御返事では私はどうしても満足できない。参考人はもっと率直に返事をしていただきたい。

では次にもう一つ若松さんにお聞きしたい。財部前総裁は青山組と親しかったと私は聞いているが、その点はどうですか」

「特にお親しかったかどうか、私は詳しくは存じません」

「若松副総裁は竹田建設と特に親しくしており、財部前総裁は青山組と親しかったという事実はありませんか。……その為に会社内部で意見の対立を生じたというようなことはありませんか」

「そのような事は無かったと思っております」

「あなたは竹田建設の朝倉専務とは特に親しかったと私は聞いているが、その点はどうですか。……あなたはF―川ダムの工事に関して、朝倉専務と赤坂の待合春友、あるいは菊ノ家に於て、二人きりで何度か密談を交わしている。これはもしあなたが要求なさるならば何月何日という日付まで申し上げてもいい。私の方には全部資料がそろっております。密談が終ったあとで宴席に招いた芸者の名前までも、私の方には解っておる。そういう事実が無かったとは言わせません。……そこで、二人の密談とは一体どういう内容のものであったか。F―川の工事をどうしようという話であったか。それをひとつ伺いたい」

「お答え申します。土建業者と電力建設とはいつもいろいろな交渉がございますので、夕食に招かれて話をするようなことが無いとは申しません。しかし、それは竹田建設に限ったことではございません。もちろんF―川の工事について密談をしたようなことは一度もございません」

「それではもう一つ突っ込んでおたずねしますがね。あなたはF―川の工事を竹田建設にやらせるようにということを、誰かから頼まれたことはありませんか」

ここから問題は急所にはいりそうだった。しかし神谷はいきなり政界の人の名前をもち出すようなことはしなかった。委員会はふと緊張した空気になった。けれども若松は事もなげに、

「そういう事実はございません」と、きわめて短い返事をしたばかりだった。

「私の聞いているところでは、あなたは或る筋の人から頼まれて、F―川の工事を竹田建設に落すように骨折っていた。ところが財部前総裁はまた別の立場から、青山組にこの工事をやらせようと努力しておった。そのために総裁と副総裁とのあいだに利害の衝突があったと承知しているが、そういう事実があったのではありませんか。どうです」

「それは何か、世間の臆測のようなものではないかと思います。前総裁と私とは最後まで、同じ気持で仕事をやっておったと考えております」

「それでは財部前総裁におたずねしましょう。あなたは会社をやめるまで、若松副総裁と円満にやっておったと思いますか」

財部が立った。傍聴席の古垣常太郎は眼を光らせて彼の姿を見ていた。財部の顔は緊張していた。彼は静かな口調で答えた。

「私と副総裁との間には、特にとり立てて申し上げるようなことは何もございません」

「あなたが辞職したのは、いつですか」

「昨年の八月の末であります」

「あなたの任期はいつまででしたか」

「任期は九月末に終ることになっていました」

「すると任期満了の一カ月まえに辞職したのですね」

「さようでございます」

「それは何だかおかしいですね。あなたは凡そ六年間も総裁の地位にいましたね、その人が任期満了のたった一カ月まえに、いきなり辞職するというのは不思議ですね。どういう事情があったのですか」

「すこしく健康を害しまして、任務にさしつかえると思いましたから、辞職しました」

「少々失礼ですが、健康を害したというのは、どこが悪かったのですか。おさしつかえなかったら答えて下さい」

「もう年とっておりますので、血圧も高く、そのほかいろいろ悪かった訳です」

「総裁は急にやめなくても、家庭で一カ月ぐらい静養なさってもよかったろうと思われる。仕事のことなら副総裁もいることだし、急にやめてしまわなくてもよかったように考えられます。健康のためではなくて、ほかに何か理由があったのではありませんか」

「ほかには何も理由はありません」

「あなたが総裁の地位にいては困るような事情が、何か有ったように思われますが、そういうことは有りませんか」

「何もございません」

財部は貝がふたを閉めたように、一切本心を見せまいというような態度だった。彼の返答は文字通り（木で鼻をくくった）ように冷淡なものだった。そして参考人がそういう態度をとる限り、それ以上相手に（白状）させる方法はない。（証人が虚偽の陳述をしたときは三月以上十年以下の懲役）に処せられることになっているが、法廷とちがって国会では、この法律はほとんど用をなさないのだった。

神谷直吉はそういう手間のかかる問答を気長に続けて行った。時間がかかればかかるほど、彼は有利だった。つまり彼は自分の選挙区の人々にむかって、（私は国会でこんなに活躍した）という宣伝ができる筈だった。

「総裁の退職金は、いくらでしたか」

「二千五百万円でした」

「前の総裁がやめた時は六百万円でしたね。物価が上って来たにしても二千五百万円とは非常に多い。これは単に六年間の財部前総裁の労苦にむくいるという意味の退職金ではなくて、もっと何かほかの意味が含まれていたもののように思われます。総裁の任命は内閣の辞令によるものであります。しかし実際には通産大臣の監督下にある。したがって莫大な、むしろ不当にと言ってもいいほどのこの退職金と、任期満了一カ月まえの辞職という不思議な事件をつなぎあわせて考えますと、この裏には通産省が動いていたのではないかという疑問が生ずる。総裁の退職金もそれは要するに国庫から出たようなものですから、この委員会としては研究してもいいたちのものだと私は思いますが、財部さん、いかがですか。あなたは通産大臣から退職を求められたというようなことは有りませんでしたか」

「そういうことはございません」

「会計検査院長におたずねします」と神谷直吉は急に質問の方向を変えた。「……これまでお聞きのように、このF―川ダムの問題にはいろいろな疑問の点があります。これはあなたもこれから先、厳重に検査をする責任があるわけですから、ひとつ真剣になって検討していただきたい。

要するにこのF―川の工事にからんで、国庫のかねが訳のわからない理由で濫費《らんぴ》されているらしい。これはすべて国民の血税です。一銭たりとも無駄に使っては国民に対して申し訳がたたない、そういうかねです。ところがこのダム工事にからんで五億の政治献金がなされたという噂がある。こんな巨額の政治献金がおこなわれたというのは、その裏面になにか醜悪な事実があるに違いない。

私はあなたにおたずねしたい。国には国の会計法というものがある。電力建設会社にはまた別に工事請負規定というものがあるが、私はこのローア・リミットという変な規則があることに疑問を感じておる。そこで、国としてはこういうローア・リミットなどというものを公認しているのですか」

神谷直吉は五億の政治献金という問題に、少しだけ触れた。それはこのF―川事件の重大性をちらと見せたような具合であったが、いまはそれ以上に追及しなかった。その一番重要な点は最後まで大切に取って置くという風なやり方だった。傍聴者たちの印象では、この質問はまだ何日も続きそうだと思われた。

会計検査院長は縞のズボンをはいていた。答弁の席まで進み出て両手を前に組み、「ただいまの神谷先生の御質問ですが……」と言った。「国の会計法としては、最低価額のローア・リミットをつけるということは認められていないのであります。以前にそういう例はございますが、その都度検査院としてはこれを非難しております。しかし公団とか地方公共団体などの工事、地方自治法のなかにははっきり明文で認めておるのでありまして、国の会計法の適用は受けておりません。電力建設会社ですと通産大臣に届け出て、承認を得ているのでありまして、形式的には違法性はないわけであります。しかしこれが適法ではあっても、今回の場合、適当かどうかということになりますと、これから検査をした結果でないと、何とも申し上げられません。……以上でございます」

「もう少し質問を付け加えます。いいですか。電力建設は入札のまえに、土建業者五社を選定しております。つまりこの五社は充分に信用し得るということですよ。信用し得ないものなら五社を選定する必要はないんだ。

そうやって五社をえらんだからには、ローア・リミットも何も必要はない。一番安い入札をした者に落してやればいいじゃないですか。五社をえらんだ時には信用して、入札の時には信用していないというのはおかしいじゃないですか。五社をえらんでおいて、その中の一番高い入札者におとすとは何事ですか。竹田建設の入札は、その次の青山組とくらべても四億四千万のひらきがある。最低の入札者とくらべたら五億以上、六億ちかいひらきがあるんですよ。そして竹田は五億の政治献金をしたと言われている。この献金はちっとも自分のふところを痛めておらんので、献金する分はちゃんと入札価額に含めてある。その一番高いところに落札されたというのは一体何ですか。それはローア・リミットのからくりじゃないですか。まるで子供だましみたいないんちきじゃないですか。この点をどうお考えですか」

「お答えいたします」と会計検査院長は言った。「御質問の御趣旨はよく解りましたので、会計検査の際には厳重に調査いたしたいと思います」

これも肩すかしをするような答弁であった。

神谷直吉がさらに質問のために立ちあがったのを、早川委員長が手をあげて制し、

「本会議の予定の時間が迫っております」と言った。「よって本日の質問は以上をもって打ち切り、神谷君の御質問は次回に続行してもらうことに致します。参考人各位には、委員会の調査に御協力をいただきまして、まことに有難うございました。本日はこれにて散会いたします」

みんな一斉に立ちあがった。神谷直吉はまだ席に坐ったまま、大切な調査書類を鞄に入れたり風呂敷に包んだりしていた。

その日の夜、十時をすぎてから、国会に近い大きなホテルの一室に、星野総務会副会長と早川決算委員長と朝倉専務とが、静かな集まりをひらいていた。朝倉は今日の神谷直吉の質問の内容を、すべて承知していた。あの調子で神谷の質問がながながと続けられては、竹田建設としては立つ瀬がない。何とかしてくれというのが彼の要求であった。

「もともとあの工事につきましては、星野さんの方から強い御希望がありましたから、あんな事もお引き受けした訳でして、政治献金のことも私共から言い出した話ではございません。入札の問題にしましても、すべて若松副総裁の御指示にしたがった次第で、いまさら竹田ばかりが悪者のような扱いを受けたのでは、全くどうにもなりません」

星野はどこかで酒を飲んだらしく、すこし赤い顔になっていたが、

「どうですか早川君……きみの方で何とか押えられませんか」と、責任を転嫁するような言い方をした。

「それがどうも、むずかしいですなあ」と、温厚な老人は静かな口調で言った。「今日の午後もちょっとその事で話をしてみたのですが、神谷君はまるで聞こうともしません。あの人はああいう性格ですから、委員長として押えつけるということは、出来ないでしょうねえ」

「押えつけると云うのではなく、何か別の方法があるでしょう」と星野は煙草をくわえたままで言った。「……つまりあなたが事件解決のために斡旋をしてくれればいいんだ。とにかく公

開の委員会でべらべらしゃべることだけは、何とかして止めて貰わんと困るんですよ」

ところが早川委員長はF―川事件には何の関係もない。事件がどんな風に発展しようと、個人的には痛くも痒くもないのだった。したがって神谷直吉の発言を押えようという積極的な気持もなく、厄介な斡旋役をすすんで引き受けようという気持もなかった。

「斎藤さんはどうですか」と早川は言った。「やはり幹事長に斡旋をしてもらう方がいいでしょう」

「やっぱりかね、かねだな。それよりほか無いだろう」と星野は狡く笑った。「神谷直吉は要するにかねだよ。ねえ朝倉君。きみは一度失敗したそうだが、直接はまずいよ。誰か仲に立って貰って、かねを渡すんだね」

「それは覚悟していますが……」と朝倉は不快そうに顔をしかめた。早川委員長が一番さきに、帰りたがった。彼は事件の解決に興味をもたないのだった。そしてこの夜の会合は、（やはりかねで話をつける）という最も一般的な方針を申しあわせただけで、何の成果もなくて終った……。

財部の証言拒否

あくる日の朝、神谷直吉は起きるとすぐに新聞をひらいてみた。東京の大新聞のどの一つにも、彼の昨日の決算委員会における質問の模様を報道した記事は出ていなかった。

丹前に帯を巻きつけたまま、膝のまわりに新聞をひろげて、煙草をくわえた神谷は、一種の怒りを胸にたたえながら、考え込んでいた。彼の質問はまだ本当の急所には触れていない。新聞記者たちはそれを知っていて、問題が急所にふれる時まで筆をひかえているのかも知れないという気もした。しかしいずれにせよ、自分の名が（新聞に）出ていないことが、彼は不満だった。あの委員会の傍聴席に新聞記者は二十人ちかくもいたはずだった。彼等が言いあわせたように、あのことの記事を一行も書いていないというのが、腹立たしかった。（よし、この次は……）と彼は思った。党の幹部が怒っても何でもかまわないから、もっと手きびしい質問をしてやらなくてはならない。……そして新聞に大きな記事を出してもらいたいのだった。

次の決算委員会は一日おいて、二月二十五日の午前九時十六分に開会された。このまえ神谷が委員長に要求しておいた三人の参考人も出席していた。財部前総裁、朝倉専務、それに古垣常太郎の黄色い顔もならんでいた。

早川委員長が型通りに開会の言葉をのべ、前回に引きつづいて神谷直吉の質疑を続行することを告げてから、例の棒読みのような口調で（神谷直吉君……）と呼んだ。

神谷は質問者の席から立ちあがると、静かに閣僚や政府委員や参考人の列をながめ、すこし気取った調子で言った。

「わたくしは前回の質疑をつづけます前に、早川委員長にひとつふたつおたずねしたいのでありますが、聞くところによると早川委員長のお子さんは竹田建設株式会社の社員だという話ですが、それは事実ですか」

「事実です」と委員長は一段高い席に坐ったまま答えた。

「それからまた、委員長御自身は竹田建設会社の顧問をしていられるというのは、事実でしょうか」

「事実です」

この短い問答を聞いていた委員たち、傍聴者たちのあいだには、低い一種のどよめきがあった。小さな笑い声さえも聞えた。嘲笑するような笑い方であった。

「そうしますと、これはおかしな事になります」と神谷は勿体ぶって言った。「……私がこの委員会で、委員長司会のもとに、竹田建設の問題を追及するというのは、一種の茶番劇じゃないのか。あれは八百長じゃないのか。……そういう疑いを受けるかも知れない。裁判官は自分の肉親や血縁の者をさばくことは出来ない。それと同様に早川委員長も、本来ならばこの事件に関して委員長を辞任されるのが至当かも知れません。

しかし私は早川委員長の人格を信じておりますから、あなたはかわりなさい、辞任しなさい……そういうことは申しません。誰が委員長だろうと意に介することはない。私はこの問題を徹底的に追及する決心をしております。政界の汚濁、政界と業界との腐れ縁を、この機会に私はことごとく国民の前に暴露して行くつもりでおります。あるいは是れは通産省の一大汚職かも知れない。通産省と建設省という二つのお役所は汚職の源泉じゃないか。それは産業界と土建業界がこの二つのお役所と強く結びついているからじゃないか。……こう私は見ている訳であります。

ところで、ここに一つ奇怪な事件がある。これを私はひとつ委員諸君に聞いていただきたい。これは九州のF—川ダム建設に関し、地元大泉村の大野一郎と名乗る人からの投書であります。私はこの人が実在の人かどうか知りません。それは今後しらべてみれば解ることですが、投書の文面はこうなっております……」

神谷直吉は一通の封書を取り出して、言葉をつづけた。

「……昨年の秋、F—川ダム工事についてまことに不思議な入札が行われ、その結果、最高額の入札をした竹田建設がこの工事を請負うことになった。それについて地元では強硬な反対がおこり、こんな不明朗なやり方で以て吾が郷土にダムを築くことには、地元として協力できない。水利権を電力建設会社に許可することには反対だという陳情が、しきりに県知事に対して為されたのであります。

そこで十月の末ごろ、当時の通産大臣大川吉太郎氏はわざわざ飛行機で九州におもむき、地元の県会議員河西清造氏に会っておる。河西氏は県議会の電力特別委員会委員長であります。投書の文面は長たらしいので要約して申しますと、通産大臣は河西氏に対して地元の協力を強く要請したが、河西氏はこれに対し、（地元の補償もまだ終っていない。堂島鉱業は廃業しているのに、まだ一円の補償金もおりてはいない。しかも今回の入札の結果は甚だ不明朗であって、こんな仕事に吾々としては協力することは出来ない。水利権も当分許可しないようにずっと知事に要求して来たような次第である。むしろこの際通産省としては、入札を白紙に返して始めからやり直してはどうか。……）河西氏はそういう返事をしたというのであります。

これに対して大川通産大臣は、投書の文面によりますと、（それはどうも困ります。もしもこの入札結果を白紙にもどすとすれば、寺田総理大臣と星野官房長官と私と、三人立ちあいのもとに、竹田建設から多額の政治献金が寺田氏にわたされているので、そのかねを竹田建設に返さなければならない、と言ったために、両者の会談はもの別れになったのであります……）こう書いてある。

これが事実かどうか。……早川委員長は竹田建設会社の顧問だそうですから、私的にはお困りになるかも知れませんが、委員長という公的な立場に立って、真相を糾明していただきたい。必要ならば河西清造氏、星野前官房長官、大川前通産大臣をも参考人として呼んでいただきたい。これは私からお願いして置きます」

早川委員長は伏眼になって、机の上の書類をめくっていた。政治家が、同時に事業会社の顧問になっている例は無数にある。事業会社は政治家を顧問に迎えることによって事業上の利益を受け、政治家は同時に会社から経済的な援助を受けている。その両者にとっては種々と好都合であるが、その事がすなわち業界と政界との腐れ縁のもとにもなり、政界汚濁の根源ともなっているのだった。

「さて、以上述べましたような種々の疑問の点を考えながら、次の質疑にうつりたいと存じます」

神谷直吉はおちつき払った態度でそう言った。今日の委員会を彼は独占したようなかたちだった。

「そこで、先ず財部前総裁におたずねしたい。あなたは昨年七月、八月ごろ、通産大臣、あるいは次官、あるいは公益事業局長あたりから、F—川ダム建設問題に関して何か圧力をかけられたというような事は無かったでしょうか」

公職一切からしりぞいている財部は、こうして国会の委員会で答弁しなくてはならないことが、甚だ迷惑そうであった。何事もなければ老後を悠々として気ままに暮していける身分であった。昨年の退職のとき彼が手にしたものだけでも殆ど一億円に近かった。彼自身としては古傷にさわられたくない気持があったに違いないのだ。

「私はその当時、格別なにか圧力をかけられたというような記憶はございません……」と彼は言った。

「それはおかしい。あなたは大川通産大臣から一度は留任を求められた筈だ。ところがやがて通産大臣はあなたに辞任を求めるような態度に変っておる。つまりあなたは何かの理由で以て大臣から圧力をかけられた訳ではありませんか」

「お答えいたします。私は九月で任期が切れる筈でしたから、通産大臣にお会いしましたとき、どうぞ早く後任をきめていただきたいと、そう申し上げたことがございます。従って私が退任を求められる理由はございません」

「しかしあなたはF—川ダム工事に関しては、御自分の手で請負業者を決定してしまおうと考えていたではありませんか。ところが通産大臣、次官、公益事業局長、あるいはあなたの部下であるところの若松副総裁から強い反対を受けたという事実があった筈です」

「その点につきましては御質問のような事実はありました。私は長年の経験をもっております し、土建業界の事情をもひと通り知っておりますので、これは事情にくらい後任者にまかせるよりも、私自身の手で決定しておく方がいいと考えました。しかし通産次官や公益事業局長や、また若松副総裁から、退任ときまった人間がそこまでやるのはやり過ぎではないか、やはり後任者がやり良いように、後任者にまかせる方がいいだろうという意見が出されましたので、私もその意見にしたがいまして、入札まではやれなかった訳であります」

「それは、表面はいかにもその通りだったでしょうが、通産次官や若松副総裁の方には、もっと別の意図があった。つまりF—川の工事は竹田に落してやって、その代り五億の政治献金をさせようという計画があった。ところがあなたは竹田に落したくなかった。どちらかと言えば青山組に落してやりたかった。したがって通産省側や若松副総裁としては、あなたを早く総裁の位置から追い出してしまおうと計画したのだと私は見ておりますが、どうです、違いますか」

「私はそういう風には考えておりません。私は先ほど申しました通り、大きな工事ですから、やはり後任者にまかせた方がいいという意見にしたがったまでであります」

「それでは伺いますがね、任期満了の一ヵ月まえに急いで辞任されたのはどういう訳ですか」

「それは健康を害しておったからであります」

「血圧が高かったそうですね。何という医者にかかりましたか」

「医者にはかかっておりません」

「どうもあなたの答弁は何か重要な点を故意に避けていられるように思われる。もっと率直に、真実を答えていただきたい。私は非常に不満です。そういうごまかしの答弁ではこの決算委員会は機能を発揮することが出来ない。

あなたがどうしても言いたくなければ、ほかの質問をいたします。あなたはF—川ダムの工事の入札に関して、寺田前総理の夫人から名刺をもらったことがありますか。つまり竹田建設に工事を落してくれという依頼の名刺をもらったことがありますか」

「私はそういうことは記憶しておりません」

「記憶にないというのは、無かったということですか」

「無かったと思います」

「あなたは本日参考人としてそこに坐っておられる古垣常太郎氏を御存じですね」

「存じております」

「あなたは昨年の八月だか九月だか、半蔵門の近処にある末広旅館というところで、古垣氏に会ったことがありますか」

「はっきり覚えておりませんが、そんなことが有ったように思います」

「その席であなたは古垣氏に、寺田総理夫人から受け取った名刺を示し、こういう具合に上の方から圧力をかけられて困っているのだと語っておりますね」

「そんな話はしなかったと思います。第一わたしはそのような名刺を持っておりません」

「それでは古垣常太郎氏が発行しておる日本政治新聞のこの記事は全部うそですか。これは古垣氏が直接に財部総裁と会見し、会談をしたという体裁になっておる。そして、(寺田と酒井とが総裁の地位を争って泥仕合をやった、その権力闘争のあと始末がこれだよ。今度という今度は私もおどろいたね。驚いたというより呆れ返ったね。星野官房長官がわざわざ使いをよこして、F—川の工事は竹田にやらせるように、万難を排して協力してくれと言って来た。そればかりか君、これを見てくれ給え……）そう言って総裁は古垣氏に、寺田夫人の名刺を出して見せた。……

新聞記事はこうなっておるが、あなたは覚えていられるでしょうね」

「そんな話をしたことは無いと思います」

「ふむ……それではこの新聞記事は、古垣氏の捏造《ねつぞう》だというわけですか」

「どういう資料によってお書きになったものか、私には解りません」

財部の右側に朝倉専務がいて、その右側に古垣が坐っていた。古垣は眼を怒らし、唇を強く引きしめて、答弁に立つ財部の横顔をにらみつけていた。しかし彼の発言は許されていない。参考人は質問を受けたとき、その質問の範囲だけに限って発言がゆるされているのだった。

神谷直吉は急に皮肉な笑顔になり、

「財部さん、あなたの右の方をごらんなさい。古垣さんの顔をまともに見られますか」と言った。

「あなたはどうもさっきから、しきりに嘘をついていられるようだが、それではもう一つおたずねしましょう。……あなたは星野官房長官のお使いとして、あなたを訪問した内閣秘書官西尾貞一郎という人を御存じですか」

「存じません」

「それではこの秘書官が昨年の十月ごろ、自分の住んでいるアパートの屋上から墜落して死んだという事件を御存じですか。警視庁はこれを事故死として片付けておるが、一部では投身自殺といい、また一部では他殺説さえも出ておる。それは西尾秘書官がF—川ダム問題にからむ汚職事件をいろいろ知っていたためではないかと言われておるが、あなたはこの人物に会ったことがあるでしょう」

「記憶しておりません」

「それはあなたの言い逃れではありませんか」

「いえ、何しろ老齢でして、記憶力が非常におとろえておりますので、御勘弁ねがいます」

「寺田前総理の夫人の名刺を持って、総裁を訪ねて行ったのはこの西尾貞一郎という人物ではありませんか。まさかあなたは、こんな重要な事まで忘れてしまうほど耄碌《もうろく》をしてはいないでしょう。総裁をやめてからまだ半年にしかならないんですよ」

「西尾という人には会ったこともありません」

「どうもおかしいですな」と神谷直吉は首をかしげて言った。「あなたは何もかも、忘れてしまった、覚えていない……と言ってまじめに答えて下さらない。もともとあなたは通産大臣や次官や公益事業局長に圧力をかけられて、任期満了の一カ月まえに、まるで追い立てられるようにして辞職した人でしょう。部下であるところの若松副総裁までも通産省側について、あなたを追い出そうとしたんだ。あなたは通産省にも副総裁にも怨みがある。怨みとまでは言わないとも、大きな不満をもっている筈だ。ひいては星野前官房長官にも寺田前総理にも言いたいことがある筈だ。

ところがあなたはそういう本当に腹の中にあることを、ひとことも言おうとしない。それはなぜですか。何か言えないような事があるのですか。あなたが寺田前総理の夫人から名刺を受け取ったというのは事実なんだ。そこにいる古垣参考人にあなたは名刺を見せたじゃありませんか。それとも古垣さんが全くのでたらめを新聞に書いたのだと、あなたは言明することができますか。天地神明に誓って証明することができますか。どうです」

「お答えいたします。私はそのような事を一切記憶しておりません。そのような事は無かったと思っております」と、財部は表情をこわばらせて答え、自分の席にもどると固く両腕を胸の前に組みあわせた。

どれほど問い詰められても、ひとことも言うまいという風な決意が感じられた。神谷が詰問したように、彼自身としては通産省にも若松にも星野にも、恨みがある。しかしその恨みを、彼は公的な場所で公表することは出来なかった。何となれば、退職の条件として彼は竹田建設会社から七千万円の賄賂を受け取ってしまったのだ。

それを受け取ってしまったということは、それと同時に彼の恨みを売り渡したということでもあった。彼はもはや当時の真相を公表する自由を持たなかったのだ。賄賂が彼を拘束している。七千万円に義理を立てなくてはならなかった。そのためには古垣常太郎の信頼を裏切ることも已むを得ない。彼としては、忘れてしまった、記憶していない……と答える以外に方法は無かったのだ。

神谷直吉はそれを見抜いたようだった。だから彼は声を張り上げて、

「財部さん、あなたは……」と言った。「あなたはもしかしたら買収されているんじゃありませんか。あなたはどこからか、貰ったんじゃないですか。だからあなたは本当のことが言えないのと違いますか。……いかがです」

「御質問のような事は、一切ございません」と、財部は冷たく答えて、また自分の席についた。傍聴者のなかからいろいろな私語がきこえていた。嘲笑するような表情も見えていたが、財部は石のように固い顔つきで彼等と向いあっていた。

事件の核心に迫る

「財部さんはどうも、私の質問に対して正直に答えて下さらないようですから、それでは次に竹田建設株式会社の朝倉専務におたずねしたい。あなたはいつから専務をしておられますか」

「三年と、七カ月ばかりになります」

「さっそくお聞きしたいのですが、竹田建設会社は今回のF—川の工事に関連して、五億ほどの政治献金をしたと言われていますが、これは事実でしょうね」と、神谷はいきなり急所を突

いた。

朝倉専務は皺だらけの顔にさらに強く皺を寄せて、狡《ずる》そうなうす笑いを見せた。

「ええ……ただいまの御質問の点でございますが、これはどうも私と致しまして、この席ではっきりと御返事申し上げることは、甚だ困るのでございます。私ども土建業者はいつも官庁とか公社とか公団とかのお世話になっておりまして、多少はお互いの間に秘密もございます。また必要な場合には政治献金もいたしております。しかし今度のF—川の工事についてどれだけ献金したかと聞かれますと、どうもこれはいろいろと関係筋もございますので、私の一存で御返事申すのは大変困ることになります。どうぞ一つ、御勘弁ねがいます」

「なるほど。それだけのお返事で大体のことは解ります。それでは次に、電力建設会社の特別作業班が山にこもって、会社側の予定額なるものを算出した。その予定額を竹田建設は何等かの方法によって、入札以前に知っておったものと考えられますが、その点はまちがいないでしょうな」

「それは、私どもは何も予定額のはっきりした数字を知らなくとも、入札はできます。つまり大体の見当さえつけば宜しい訳でして、特別な方法で数字を正確に知ったというようなことはございません」

「すると、大体の見当はついていた訳ですね。……それはどうして見当がついたのですか」

「これは、何と申したら宜しいでしょうか、吾々の方の勘と計算との綜合《そうごう》でございますね。今度の予定額はどうも思ったより多いらしいぞ、とか、電力建設の役員の人たちの口ぶりから匂いを感じるとか……」

「どんな口ぶりから察したのですか」

「いえ、それは、いつ誰が、という訳ではございません。役員の方々と接触しているうちに次第に解って参ります」

「すると今度の入札で竹田だけが合格したというのは、そういう勘が当ったということになりますか」

「他の四社が失格したというのは全くの偶然でございまして、竹田建設としては工事の性質上、どうしても是れだけの予算は立ててもらわないと工事が完全には出来ないというところから、少し多過ぎるかなと、不安な思いをしながらも、あの金額を出した訳でございます」

「ローア・リミットが七%というのも、見当がついていたのですか」

「ローア・リミットは私の方としては、六・五%ぐらいだろうと思っておりました。ローア・リミットが役員会のくじ引きできめられるということは、全く存じませんでした」

「政治献金のはなしは、あなたの方から持ち出したものですか。それとも政府筋の人から相談をもちかけられたものですか。そこのところを一つくわしく御説明願いたい」

「お答え申します。政治献金のはなしは多くの場合、政治家の方から出ることになっております。何と申しますか、いろいろ割り振りがありますようでして、今度は織物業界から献金してもらおう、この次は鉄鋼業界から出してもらおう、という風になるようでございます。この前の選挙のときには土建業界からは全然もらわなかったから、今度はぜひ頼む……という風なお話が出てまいります。そうしますと私共の業界のおも立った者が集まりまして、献金の額などを協定いたします。大体そういう仕来りになっております」

「私はF—川の場合を聞いているんです。F—川の工事については竹田建設が単独でやった訳ですか」

「これはどうも、お返事を拒否するようなことになりまして、誠に恐縮でございますが、ちょっと私と致しまして、はっきりお返事をいたし兼ねます」

「星野前官房長官から、F—川の工事について何か頼まれたということはありませんか」

「星野さんは、私、あまりよく存じ上げておりません」

「あなたは大川前通産大臣とはたびたび会っておりますね」

「仕事の関係でいつもお世話になっておりますから、ときどきお眼にかかりました」

「あなたと大川さんとの間で、財部総裁に何とか早く辞職してもらおうというような相談をしたことがありますね」

「いえ、そんなお話は、私は何も存じません」

「では、財部さんが任期満了のわずか一カ月まえに、急に辞職されたことを、あなたはどう考えていたんですか。あれは竹田建設と通産省との陰謀ではないのですか」

「それは飛んでもないお話です。財部さんがおやめになったのは、通産大臣と何か意見の衝突があったのだという風に聞いております」

神谷直吉は机の上にひらいていたノートをぱたりと閉じて、立ちあがった。

「委員長にお願いします。財部、朝倉の両参考人は私の質問に対して、率直に答えて下さらない。要点をわざとはぐらかしたり、返答を拒否したり、あるいは虚偽の証言をしたりしているように思われます。これでは当委員会はその任務を遂行することができません。誇張して申せば決算委員会の任務遂行を妨害しているとも言えるのでありまして、まことに不都合だ。委員長からひとつ両参考人に厳重注意をあたえて頂きたい。

それから、審議もかなり長くなりましたので、このくらいでしばらく休憩して、午後は古垣証人に対して質問を続行したいと考えます。さようおとり計らい願います」

早川委員長は老齢で、すこしくたびれていたと見えて、直ぐに休憩を議場に告げた。委員も政府側の出席者も一斉に立ちあがった。参考人たちも椅子から立った。そして二つの出入口からぞろぞろと外の廊下に流れ出た。

財部前総裁は朝倉専務とならんで、厚い木の扉から外に出た。するとそこに古垣常太郎が彼を待ちかまえていた。神谷直吉は書類をかたづけていたので、一番おそくなった。彼の耳に、いきなり廊下で言い争うはげしい罵声がひびいて来た。いそいで扉口を出てみると、三、四十人の代議士や新聞記者にとりかこまれた中で、古垣常太郎が財部賢三に喰ってかかっているのだった。まるでつかみかかるような勢いだった。そして彼の叫ぶ声はすこし吃《ども》りながら、支離滅裂だった。それが彼の怒りのはげしさを表現していた。

「あんたの言ってることは、何だ一体。……しゃべった事はしゃべったと言ったらいいじゃないか。あの時あんたは何と言った……。名刺のことでなぜ嘘をつくんだ。こういう名刺なんかよこして、困ったもんだって言ったじゃないか。あんたはそんな嘘つきか……。裏切りもの。恥ずかしくないのか。……待て、逃げるな。ちゃんと正直に言ってみろ、畜生。政治家はね、政治家なんてものはね……」

三人の守衛がかけつけて、古垣の肩をとらえ腕をとらえた。そのあいだに財部賢三は急ぎ足に廊下を遠ざかって行った。そのうしろ姿は孤独だった。そして腕をとられたまま、自分の怒りを静めようとして大きな息をしている古垣常太郎も、孤独だった。代議士たち、新聞記者たちは一種嘲笑的なわらいを浮べながら、廊下の向うとこっちとに散って行った。神谷直吉は黒革の鞄を片手に、風呂敷づつみを小脇にかかえて、その情景を立って見ていた。彼は古垣からいろいろな資料を買っていた。その買った資料によって、午後からは彼が古垣に質問をするつもりだった。古垣の怒りを、一番よく知っている者は神谷であったかも知れない。しかしまた、彼の怒りが何の役にも立たないものであることを一番よく知っているのも、神谷直吉であった。

午後の委員会がひらかれると直ぐに、神谷代議士は参考人古垣常太郎にむかって言った。

「あなたは先ほどこの部屋の前の廊下で、財部参考人と激論しておられた。それはあなたが財部さんから得た資料にもとづいて、あなたの主宰する新聞にF—川ダムの問題を書いた。その新聞はここにあります。これには（貪欲きわまる竹田建設）という見出しが付いており、（身を挺して政界の圧力に抗する財部総裁）と書いてある。ところが本日この委員会における財部参考人のでたらめな証言を聞くに及んで、あなたは激怒したものであろうと思われますが、いかがですか」

古垣は伏眼になって立ちあがり、中央のテーブルまで歩いて行った。馴れない場所に引き出されて、彼はとまどっていたようだった。しかし伏眼になったままの語調ははげしかった。

「……さきほどは、取り乱して済みませんでした。私は財部総裁にはお世話になっておりました。私の新聞にも盆暮には必ず或る程度の援助をして下さいました。F—川ダムの問題については、財部さんは明らかに被害者であります。半蔵門のそばの末広旅館で財部さんにお会いしたのは、財部さんに呼ばれて行ったのであります。二人きりでした。財部さんはいきなり、（竹田建設から思いがけないような誘惑をうけて困っている、莫大なかねだ）と言いました。私をひとりだけ呼び寄せて、そういう話をなさるからには、これを社の新聞に書けというおつもりだと私は考えました。ですから私はメモを出して財部さんの眼の前でノートしました。私の書いた新聞記事はすべてその時のノートだけが材料でありまして、それ以外にはどこからも材料をとってはおりません。そのとき寺田総理夫人の名刺も見せられました。（こういう事をされては全く困る）と財部さんははっきり申されました」

「ちょっと待って下さい」と神谷が押しとどめた。「財部さんは竹田建設から莫大なかねで誘惑されていると、そう言ったんですね」

「はい、そう申されました」

「金額は言わなかったのですか」

「私が、億というかねですかと訊ねましたところが、まあ、そんなようなところだ、と申されました」

「そのかねというのは、どういう意味のものですか。F――川の工事を竹田にやらせてくれれば、そのお礼に贈呈するという話ですか」

「そうだろうと思います」

「しかし、その日からわずか十日かそこいらで、財部さんは辞職してしまった。つまり竹田に工事をやらせるという決定をしないで辞職された。……そうしますと、その莫大なかねというのは要するに話だけで終った訳ですか」

「多分そうだろうと思います」

「それではね、重ねておたずねしますが、財部さんは清廉潔白だとあなたは新聞に書いておられる。その財部さんが今日のこの委員会で、当時のことを少しも正直に答えて下さらない。私の質問に対して、何かしら頬かむりして逃げようというような態度を示しておられる。……これはどういう訳でしょうか。何か財部さんとしては言えないような事情があるのではないか。それをどう思いますか」

「実は私もさっきから、その点について理解に苦しんでいるのであります。しかし財部さんが辞職されて一週間ばかり後に、私は財部さんの御心境をうかがって、また新聞記事にしようと思いまして、なかなか会って下さらないのを、無理に頼んでお会いしました。銀座の裏の方の大新ビルの何階かでしたが、そのとき財部さんは意外にも私に対してひどく冷たい態度でして、私はびっくりしました。私は多分歓迎してもらえるだろうという甘い考えで行ったのですが、まるでこの前の末広旅館のときとは打って変った冷たい態度でした。それが、何が原因でそんな冷たい態度になられたのか、未だに不思議でならないのです。財部さんは前例にないほど莫大な退職金をもらっておられる。それに何か条件がついていたのではないか。あるいはもっと別に、財部さんが自由な発言ができないような条件がつけられたのじゃないか。……これは下等な勘ぐりですけれど、そんなことさえ考えられると思うのです」

「あなたが財部さんから聞いたことを、みんな新聞に書いたので、財部さんは立場に困ったということはありませんか」

「そういうことは有るかも知れません。しかしそれならば私に何の為に洗いざらいお話しになったのかと、私は言いたいのです。本当はもっと沢山の話がありました。(寺田総理が総裁選挙で大穴をあけて、その大穴を埋めるために竹田建設に献金をさせようとしているのだ。だからF――川の工事は実際必要な建設費よりも五億ばかり高く出さなくてはならん。こんな馬鹿なことは無いよ。一体どうやって入札するんだ。入札の仕様が無いじゃないか……）そういうお話も私はちゃんと聞いております」

「刑事課長、よく聞いて置いて下さい」と神谷直吉は言った。

刑事局の伊原検事が列席していた。神谷はノートを振り上げるようにして、

「これまであなたがお聞きになったように、これは大きな政界汚職事件ですよ」と言った。「この事件の発端は寺田、酒井両氏の総裁選挙です。運動費として二人とも十五億から二十億のかねをばらまいた。つまり投票者を買収した。買収された者は誰かと云えば、みんな国会議員です。いいですか、人民の希望をになって、日本の政治を議する立法府の議員たちです。一体日本の政治をこんな連中にまかせて置いていいんですか。寺田、酒井両氏に買収された与党の議員どもは、ひとり残らずひっくくって牢屋へぶち込むのが当然なんだ……」

「神谷君……」と早川委員長が言った。「神谷君、言葉に注意して下さい。国会議員を侮辱するような言辞がございますと、懲罰を受けることがあります」

「懲罰？……懲罰がなんだ。私を懲罰するより前に、何十万円かずつ貰って買収された連中を懲罰すべきじゃないか。国会議員を侮辱したのは寺田前総理と酒井現総理だよ。あの二人はかねで以て国会議員を買収したじゃないか。え？……おいらんじゃあるまいし、買収されて、国会議員としての貞操を売った連中が百人も二百人もいるじゃないか。刑事課長にうかがいます

がね、東京検察庁はこのF—川ダム入札にからんで不正事件がありそうだということで、昨年の十月だか十一月だか、調査をはじめておりますね。ところがどういう訳か、その調査は一向に進展しておらない。いつの間にか打ち切りになったらしい。あれはどういう訳ですか。調べてみたところが何ひとつ不正らしいものが無かったから、調査を打ち切ったと云うんですか。それとも政府筋、法務大臣あたりから、あの事件はもう調査するなというような特別な指令でもあったのですか」

「このダム建設の問題について、東京地検が調査をしたことはございません」と刑事課長はひややかに答えた。

「調査をしたことが無いとすれば、それは東京地検の手ぬかりだ。こんな大きな汚職事件がおきているのに、なぜ調査しないんですか。現に竹田建設は政治献金という名目で五億円の賄賂を出した。寺田前総理がこれを受け取った。立派な贈収賄ですよ。これには大川前通産大臣も星野前官房長官も関係しておる。

次に電力建設会社は不正入札をおこない、一番高く入札した竹田建設にまんまと落札してしまった。これも一つの犯罪。それからまた西尾貞一郎という内閣秘書官の怪死事件もある。警視庁は本人がノイローゼであったからというので、事故死という名目でかたづけているが、これも怪しい。現に西尾秘書官の妻も友人も、彼はノイローゼではなかったと言っている。こういう各種の疑惑について、東京地検は不思議なことに何ひとつ有効な手を打っていない。これを刑事課長は一体どう思っているのですか。私は改めて告訴しますよ。こんな大汚職事件を不問に付するということは、国民に対して相すまない。そういう具合だから国民のあいだで、政治に対する不信の念がはびこるのだ。わが党の幹事長は私にむかって、こんな事件を摘発すれば政界が混乱するから、やめろと言いました。政界混乱が何ですか。すでにこれだけよごれきっている政界です。いくら混乱したって構わないから、私はどこまでもこの問題を摘発して行く決心をしております。……そこで……」

委員長が突然発言した。

「神谷直吉君の質疑の途中でありますが、時間の都合上、今日はこれにて散会いたしまして、神谷君の質疑は次回に続行していただくことと致します。なお参考人の各位には、本委員会の調査に御協力いただきまして有難う存じました」

神谷直吉の発言は、事件の核心にふれて最も高潮したところで、ぷつりと断ち切られたような具合だった。それには何か、早川委員長の計算、乃至は画策があったようにも思われた。

石原参吉の逮捕

神谷直吉の国会における質問の模様を、石原参吉は興味をもって見ていた。委員会議事録には質疑応答が細大洩らさず記録されている。神谷が持っている資料の大半は、石原参吉の調査記録から出たものであった。

神谷はあれで、いくらもうけるつもりだろうか、と参吉は思っていた。どうせあの男のことだから、かねにならない事に時間をかけて努力する筈はない。しかしせいぜい三百万か四百万だろうと、彼は察していた。参吉自身はF―川問題について詳しい調査はしたけれども、それで少々のかねをもうけようという気はなかった。それよりも彼は、大臣や官房長官や総理大臣や、そういう権力者たちがやっている悪事の数々を、正確に調査して置くことによって、彼自身の安全を確保しようと思っていた。(石原に手を出すと危ない。あいつが腹をすえてしゃべり出したら、政界は混乱におちいるだろう……)そういう評判を知らない政治家は無かった。

したがって参吉が脱税や脅喝や不正金融などをやっていることは解っていても、検察庁さえも危ながって、うかつには手を出すことが出来ないような事情になっていた。だから参吉はそういう悪評の上にあぐらをかいているのだった。悪評が高ければ高いほど、彼の身柄は安全なように見えた。

議事録には神谷直吉の決算委員会における質問の模様がくわしく出ていたけれども、新聞には何も書いてなかった。東京の大新聞のどれを見ても、政界の大汚職事件であるべき筈の神谷直吉の質問について、ほとんど一行も触れていなかった。むしろ不思議なほどに新聞はすべて黙殺していた。

石原参吉はその理由を知っていた。彼の諜報網は新聞界にも延びている。経済新聞の記者のなかに二人ばかり、彼が定期的に手当を与えている者があった。その人たちから新聞界の情報がはいって来る。紙面には出ない内輪の情報である。それによると、神谷直吉の質問が記事にされない理由ははっきりしていた。

（あれは札付きだからね。この前にも防衛庁汚職だとか何だとか、委員会では大さわぎしておいて、告訴するとか何とかおどかして、そのまま何の結論もなしに尻切れとんぼだ。どうせ何百万かこっそり貰って、質問を打ち切ってしまったんだ。神谷というのはそういう野郎なんだ。だから今度のF—川汚職だって、今は何だか派手にやっているが、いずれそのうち尻切れとんぼになるにきまってるんだ。だからさ、あんなものを面白がって新聞が書き立てたら、神谷の思う壺だよ。要するに神谷の片棒をかついで、あいつが取る賄賂を高くしてやるようなもんじゃないか。馬鹿くさくって、誰も記事なんか書きやしないよ）

神谷直吉は新聞記者のあいだで、それほど信用のない男だった。そんな男が郷里から立派に代議士として当選して、国会に来ているのだった。石原参吉はそれを知っていた。彼は神谷を信用していなかった。あいつは平気で人を裏切るやつだ、と思っていた。だから神谷にF—川問題の資料をあたえるについても、事件の表面にあらわれた事しか教えてはいなかった。彼の極秘の調査はもっともっと細密に、政治家たちの私行の隅々にまで及んでいた。そういう資料の蒐集《しゅうしゅう》は参吉にとって、大切な仕事であると同時に、道楽でもあった。

新成ビルの八階の事務所から、十一時半きっちりに彼は外へ出て、例によってタクシーを呼び止めた。そして赤坂の萩乃の家に昼食をたべに行った。街の料理店やレストランで食事をするのは、人眼が多くて気づまりだった。したがって時おり萩乃の家で食事をとることが、参吉にとっては一つの楽しみでもあった。もはや萩乃との情事をたのしむというよりは、昼食をたべる場所として貴重であった。それともう一つは赤坂花街に出入りする人たちの情報をあつめるために必要でもあった。政界と財界との裏面のむすびつきが、赤坂の夜のまちでは裏面から表面に浮びあがって来る。洗いざらい解ってしまうのだ。

萩乃は参吉からの電話を受けて、部屋をあたため食卓をととのえ、火鉢に練香をたいて待っていた。料理のことは萩乃ははなはだ不得意だったから、台所は女中にまかせてあったが、鶏肉の焼けるようなにおいがしていた。

参吉はいつものようにもっさりとした動かない表情ではいって来ると、いきなりネクタイを解いた。夏でも冬でも、ネクタイを結んでいることが嫌いな男だった。

萩乃は茶をいれながら、

「あなたちょっとね、変なはなしがあるんですよ」と言った。

料亭春友の下足番をしている小坂という老人が、参吉の諜報網のひとりである。毎朝彼は通りすがりに、萩乃の家の郵便受けに、昨夜の春友の客の状勢をしるしたメモを投げこんで行くことになっていた。

「けさも小坂さんのメモはいっていたんですよ。でも、ついさっき小坂さんから電話でねえ。どうもわざわざ公衆電話まで行ってかけてくれたらしいのよ」

参吉は苦い茶をすすりながら、萩乃の顔をまっすぐに見ていた。黄色く濁った彼の眼が、不思議にぎらりと光っていた。

「何だって言うんだ」

「それがね、お宅の前を何だか変な男がふたり、ぶらぶらしていたけど、どうも見かけない様子の男だから、ちょっとお気をおつけになった方がいいって言うの」

「ふん……」

「何でしょうねえ」

「何だか解らん。小坂のメモってどれだ。見せろ」

萩乃は箪笥《たんす》のいつもの抽出《ひきだ》しから五、六枚の紙片をとり出した。昨夜の春友の客は星野前官房長官と竹田建設の朝倉専務。それにもうひとり、民政党幹事長斎藤荘造であった。また一時間ばかり遅れて大川前通産大臣が仲間に加わっている。

ああ解った、と参吉は思った。脛《すね》に傷をもった政治家連中が朝倉と一緒に動きはじめた。これは決算委員会における神谷の強烈な質問を、何とかしようという相談にちがいない。国会における代議士の質疑を、正当な理由なくして禁止することは出来ない。国会での言論は最高度に自由でなくてはならないのだ。だから神谷直吉の言論を封ずるには、彼をかねで買収するより他に方法はない。この四人の連中は昨夜の会合で、どうやって神谷を買収するかという方策を協議したに違いないのだ。

「ねえあなた、わたし気になるわ」と萩乃が食事をはじめながら言った。「大丈夫かしら」

「何だ」

「あなたの事よ。変な人がうろうろしたりしているって、何でしょう。私は別に何もありませんからね。有るとすればあなたよ」

「何でもない」と参吉は面倒くさそうに言った。

「だってあなたは、時々変なことを書かれるでしょう、新聞なんかに。こわいわ」

参吉は一切れの鶏肉を口に入れ、汁をすすり、ふと箸を止めて女の顔を見た。参吉を迎えるために彼女はうす化粧をしていた。ダイヤの指環をはめている。参吉が買い与えたものだった。芸者たちはダイヤをほしがる。その指環をはめたとき、自分が芸者以上の女に格が上ったような気がするらしかった。

「さっき、何と言った？……変な男が二人……と言ったね」

「ええ、そうよ」

ふたりという言葉に参吉はこだわった。一人ならば問題はない。そんな男はどこにでもいる。二人連れというのが嫌だった。刑事は必ず二人いっしょに行動するものなのだ。

食事を終って箸を置いたとき、玄関の格子のあく音がした。そして男の声で、ごめん下さい、と言った。或る予感が石原参吉の胸のなかを走り過ぎた。取次ぎに出て行った中年の女中が、たすきの紐《ひも》を丸めて手に持ったままはいって来て、萩乃ではなしに参吉の横に膝をつき、一枚の名刺をさし出した。警視庁刑事・深川碌三郎《ろくさぶろう》と印刷してあった。

「旦那さまにお会いしたいんだそうです」と女中は言った。

萩乃はそれをのぞき見て顔色を変えた。

「やっぱりそうだわ。……いないって言いましょうか。わたし応対していますから、あなた裏から出て……」

「いや」と参吉は頭を振って萩乃を押えた。「それよりな、お前はあのホテルの部屋だけ、誰にも解らんように、ちゃんとあのままにして置け。どうせ俺はじきに帰ってくる。いいか」

ホテルの部屋はずっと参吉が借りきっていた。そこに彼の特に重要な調査資料のファイルが保管されていた。あれさえ見つからなければ俺は安全だと、彼は思っていた。

深川碌三郎と名乗る刑事は三十五、六の、むしろ小柄な男だった。むっくりと肥って、温和な感じだった。

「石原さんですね」と念を押すように言ってから、「あの、お忙しいところを済みませんが、すこしお訊ねしたいことがございまして、御足労願いたいんですが……」と言った。

「ふむ……行きますよ。行きますが、そのまえに十分ほど事務所に寄りたいんだがね。いいかね」

「新成ビルの事務所ですか」

「そうだ」

「どんな御用でしょうか」

「それは事務所の仕事だよ。私がいなくては解らん仕事がたくさん有るからね」

「それはまた、いくらでも連絡がとれるように致しますから、今日はこのまま御足労ねがいたいですね」と刑事は言った。

「困るな、君。私はいろんな仕事が一杯あるんでね。急にそんなことを言われても困るよ。明日ではどうかね」

「いえ、それは具合がわるいです。相済みませんがどうぞ。車を待たせていますから……」と相手は、おだやかではあるが押しつけるような言い方だった。

「よほど時間がかかるのかね。それとも二、三時間ですむのかね」

「さあ、それは私には解りません。大したことは無いと思います」

それを聞いて参吉は、これはかなり永くなりそうだと思った。警視庁からまもなく検察庁にまわされることになるだろう。理由はわかっている。神谷直吉に政界汚職に関する資料をあたえたことだ。これ以上資料を提供されては困るということが一つ。もう一つは神谷直吉に対して暗黙の圧力をあたえるためであるだろう。

その裏面に動いている権力者たちの顔が、参吉は眼に見えるような気がした。昨夜、赤坂の料亭春友に集まった顔ぶれは、神谷直吉の質問を中断させることよりも、もっと根本にさかのぼって、石原参吉を逮捕しようという相談もしたかも知れない。星野はかつて、（いずれ石原は逮捕しなくてはならない）と言ったことがある。参吉はちゃんとそれを知っていた。星野が動いたに違いない。斎藤幹事長も同意した。司法大臣を動かし検事総長を動かすことは、別にむずかしいことではない。それればかりか、現総理酒井和明だって、石原を逮捕することには反対しないだろう。酒井も寺田と同様に、去年の総裁選挙のときには十八億から二十億のかねを使って、党の国会議員たちを買収した男だ。その事実を克明に調査した者が民間にいるとすれば、眼ざわりにきまっている。星野は星野で、F―川ダムの問題ばかりでなく、東亜殖産の脱税事件にからんで、原本社長から葉山にある彼の別荘を、山瀬みつという他人名義で、しかも熱海で芸者をしていた文菊という女もつけて、ごっそりと譲り受けたという収賄事件を、石原に知られている。石原は原本社長を脅迫して、数百万円を取っている。参吉が健在である限り、星野は（枕を高くして）眠ることが出来ない筈だった。

しかし……と参吉は考えていた。おれを逮捕すれば公判にかけなくてはならない。公判となれば、被告はどれだけでも自己弁護の機会が与えられる。政界汚職の実情、政界と財界との腐れ縁、そういう資料なら無数にある。法廷においてあからさまにそれがぶちまけられたら、現総理も大臣たちもみんな縄つきにならなくては済まない。だから彼等は公判をひらくわけに行かない。したがって検察庁としては、一応は取調べるけれども、要するに犯罪らしきものは見当らないという風な理由をつけて、おれを釈放するより仕方がない筈だ。最悪の場合、こっちは必要ならば弁護士を十五人でも二十人でも依頼して、徹底的に政界財界の悪事をあばき立て、現内閣をつぶして、(抱き合い心中)をしてやるまでだ。……

彼は気の強い男だった。気が弱くては一日もやって行かれないような不思議な事業を何十年も続けて来た男だった。孤立無援。誰をも信じていない、誰からも支持されていない、前科四犯の罪人だった。彼はただかねによって人を雇い、人を動かし、かねによって人を利用していたのだった。社会は彼の敵であり、法律も彼の敵であった。そのような社会で彼が今日まで堂々と生きて来られたのは、棘《とげ》だらけの茨《いばら》は人が避けて通るので、茨が大きくはびこり茂っているようなものだった。しかし茨が茂り過ぎた時には、徹底的に刈り倒されることになる。警視庁が参吉に任意出頭を求めて来たのは、そういう時期が来たからであるらしかった。

彼はネクタイを結び、コートを着た。萩乃は唇を慄《ふる》わせて、

「どうしてここが解ったんでしょうか」と言った。

「そんな事はどうでもいい。俺が出たらすぐ事務所へ電話をかけろ。そしてうちの弁護士に知らせるように言っておけ」

参吉はのっそりと玄関に出て靴をはいた。外に出ると二人の刑事が彼の両側に並んだ。

春の近さを思わせるような、明るくて暖かい真昼だった。横町の出口に車が止っていた。眼立たないようにしてあったが、警視庁の車だった。座席の中央に参吉を坐らせ、二人の刑事が

彼の両側に肩を寄せて坐った。任意出頭という名目になってはいたが、逮捕と同じような扱い方であった。

参吉が出てゆくとすぐに、萩乃は指をふるわせながらダイヤルを廻し、参吉の事務所に電話をかけた。石原事務所はちょうど家宅捜索の最中だった。新成ビルの入口には警視庁のトラックが来ていた。そして参吉の部屋の書棚を埋めていた彼の数百冊のファイルは、証拠物件としてことごとく押収された。けれども何のための証拠物件であったろうか。……実は証拠物件という名目によって、参吉の調査資料を奪い取ることが目的であったかも知れない。これさえ無くなれば、政界汚職の証拠が無くなるだろうという、政治家たちの陰謀であったかも知れなかった。

東京の新聞はすべて、その日の夕刊に大きな写真入りの記事をのせていた。石原参吉氏逮捕さる。……四段抜き、五段抜きの記事だった。しかし逮捕の理由としては、二億円にのぼる脱税のうたがいと書いてあった。だから夕刊を読んだ人たちはみな、参吉を憎んだ。何という悪いやつだろうと考えた。しかも前科四犯と書いてあった。その男が白昼、赤坂の妾宅にて発見されたというのだった。これでは全く同情の余地はなかった。

(なお不正金融、脅喝等の余罪多数あるものと見て、取調べ中である)というに至って、こんな男がいままで逮捕されないでいたことの方が不思議に思われるくらいだった。

けれども石原参吉の逮捕が、F—川ダム不正入札事件と関連があるだろうという記事は、どこの新聞にも出ていなかった。それは多分、警視庁が伏せていたことであった。

しかしこの新聞記事を読んで、事件に関係のあった財部や朝倉や星野たちは、参吉の連行された場所が赤坂の妾宅であり、それが芸妓置屋《げいぎ》であると知っておどろいた。決算委員会における神谷直吉の質問のなかに、誰と誰とが赤坂の何という料亭で会い、その席に招かれた芸者の名前はこれこれと、克明に調べられていたのは、すべてその資料の出所はこの参吉の妾宅であったに違いないと思われたのだった。

事件は参吉の脱税と脅喝、不正金融と、表面はそうなっていたが、消息にくわしい新聞記者たちはもっと深い見方をしていた。

（石原を逮捕したのは現政府と保守政党の自衛のためだ。あの男を自由にして置いては心配でたまらないのだ）

（石原はどれほど罪状がはっきりしていても、彼を公判にかけることは不可能だろう。おれは法廷に出たら何をしゃべるか解らんぞ、と石原は豪語している。それがこわいから参吉のための公判は当分ひらかれないだろう。検察庁は調査中と称して起訴を延ばして行くに違いない。しかも証拠湮滅《いんめつ》のおそれありとして保釈もしないだろう）

（石原はもう出て来られないだろう。彼は多分獄死させられる……）

政府と与党とが、やるつもりならば、それはやれる事だった。現在の野党が政権を取る時が早くやって来ない限り、石原参吉は二度と（娑婆《しゃば》の風）に当ることは出来ないかも知れないのだった。……

二つの事件

石原参吉の逮捕を知ったとき、神谷直吉は心にショックを受けた。絶対に逮捕されることはないと言われていた石原が逮捕されたということは、現政府と与党とが重大な決意をもって立ちあがったことの証拠であった。要するに政界の積年の汚濁を、何とでもして民衆に知られまいという必死の努力であったに違いない。

神谷と石原との関係は、特に刑事問題につながるようなものは無い。石原をいくら調べても、それによって神谷の身辺が危なくなるようなものは何もなかった。けれども現政府が腹を据えて石原の逮捕に踏み切ったということは、その同じ決意を以て、決算委員会における神谷直吉の発言を封ずるための手段をとることも有り得る筈だと考えられた。正当な手段では議員の質問を封ずることはできない。したがって、もし彼等がやるとすれば、非常手段である。非合法の手段である。非合法の手段ともなれば、どんな事が起るかわからないのだ。

神谷直吉は収賄もやっていた。脅喝に似たような手段で数百万円をおどし取ったことも何度かあった。それらを暴き立てられたら、刑事事件の容疑者として逮捕されることも有り得る。

したがって警視庁の動きはこわかった。しかしそれらの事件はもはや年数が経っている。むしろいま、最もこわいと思われるのは彼に対する暴力行為であった。

総理酒井和明は右翼団体と関連があった。また党の顧問になっている長老の和田信博は、極端な国粋主義者の団体神正会の顧問でもある。神正会は暴力事件をたびたび起している団体で、左翼系の集会になぐり込みをかけたり、暗殺未遂事件をおこしたりしている。会員五千名と称し、若くて狂信的な青年をあつめている。

もしも現政府の首脳部が、神谷直吉の質問を封ずるために手段をえらばないというところまで決意をしているとすれば、神正会の壮士たち、血気に走る青年たちを教唆して、神谷を襲撃させるということも有り得る筈だった。石原を逮捕し神谷を殺してしまえば、F——川ダムに関する不正事件はおのずから立ち消えになって行く。

神谷直吉は警視庁警備部に連絡して、身辺が不安だから護衛を付けてくれるようにと頼んだ。つまりボディ・ガードである。警視庁に対しても(脛に傷)はあるが、いまは警視庁の力で暴力団をふせぐ方が安全であった。

翌日の朝から、警備部から若い二人の護衛が付いた。神谷は得意だった。ボディ・ガードは普通の背広服を着ている。国会議事堂の中にははいるが議場にはついて来ない。傍聴席にいたり廊下で警戒したりしている。神谷が議場から廊下に出ると、ぴたりと彼の両脇について歩く。神谷直吉は二人に守られながら院内の廊下を得意になって歩きまわった。車で外に出るときも二人は彼の両脇に坐って行くのだった。

決算委員会は二日あいだを置いて、三日目の朝十時に開会された。ところが参考人として前回に引きつづき出席する筈の古垣常太郎が来ていなかった。

早川委員長は開会するとすぐに神谷直吉に問うた。

「参考人として出席する予定になっておりました日本政治新聞社社長古垣常太郎君は、事故のために出席できなくなりましたが、神谷君の質疑の御予定もあろうかと思いますので、どのように致したら宜しいか。お考えをお聞かせ願います」

神谷は立って、

「古垣君の事故というのは何ですか」と問うた。

「実は、委員長もまだ正確な報告を受けておりませんが、古垣君は昨夜半に何者かに殺害されたというニュースが、警察方面から入っております。したがって古垣君に対する質疑は不可能ということになりました」

会場には急にどよめきが起った。古垣は三日まえのこの場所で、かなり暴露的な陳述、政府筋に対して不利な陳述をしているのだ。それは今日もさらに引き続いて、もっと突っ込んだ質疑応答が行われる予定であった。古垣が殺されたというニュースはそれが政治的意味をもった暗殺であるに違いないという印象をあたえるに充分であった。時が時であり、立場が立場であった。彼の口を封ずるために、(殺し屋)を雇って彼を殺させたのではないかと、誰もが思った。政権の座にある者は、やろうと思えばやれる。そして古今東西、その例は無数にあるのだ。

神谷直吉はかっとなった。政府はそこまでやるのかと思うと、頭に血がのぼるような気がした。この時、彼ははじめて（正義の士）であったかも知れない。二人の護衛をたのんだことは賢明であったようだ。彼は質問者の席に立って、すこし吃りながら叫ぶような言い方をした。

「私は、今日、古垣常太郎君に対して、きわめて重要な質問をするために、万般の準備をしておりました。古垣君はF―川ダムにからむ、この大汚職事件の様相を、かなり詳しく知っている生き証人でありました。その古垣君が突然殺害されたということは、何かしら奇怪な印象を与えます。あるいはこの殺人事件は、その裏面に一種の陰謀がひそんでいるかも知れない。……もしもこの不幸な想像が当っているとすれば、これは吾々国会議員として、放置する訳には行かない、重大問題であります。この殺人事件が、もしもF―川ダム不正事件に関連して起ったものであるならば、むしろ国家的な不祥事だと言ってもいいようなものであります。委員長に私はお願いします。すみやかにこの古垣氏殺害事件の真相を調査していただきたい。その真相がはっきりするまで、私は質問を続行する訳には参りません。よってそれまで、委員会の審議を中止していただきたいと思います」

委員会はすぐに休憩にはいり、午後からは別の問題について審議することになった。

その日の夕刻までに、警視庁の調べによって、古垣常太郎殺害事件の大要がわかって来た。

今朝九時すこし前、政治新聞社の事務員遠藤滝子が出勤したところが、古垣社長は社長室と事務室とのあいだにうつ伏せに倒れており、すでに死後硬直が来ていた。部屋には電燈がついており、電気ヒーターの火がついたままであった。椅子三脚がたおれていて、或る程度の格闘のあとがあり、社長の机の上には書きかけの新聞原稿がひろげてあって、社長の万年筆もキャップをはずしたままであった。

犯人は恐らく深夜十二時ごろ新聞社内に侵入し、原稿を書いていた古垣と格闘してこれを刺殺し、逃亡したものと思われる。凶器は紙をとじる時に使う長い錐状《きりじよう》の、いわゆる千枚通しであり、血まみれのまま階段の途中に捨てられていた。凶器からは指紋は検出されなかったが、階段の上のドアのハンドル、椅子の背、ドアの木部から数個の指紋が検出されておる。

階下の自動車部品店は夜は留守番はいないが、隣家のそば屋の二階で寝ていた老婆は、夜中に男の言い争うはげしい声を聞いている。

古垣氏は首に二個所、胸部に四個所、背部に一個所、左前腕に一個所、計八個所を刺されており、心臓の刺傷が致命傷と思われる。検屍のとき、死後およそ八時間乃至九時間を経過していた。

警視庁は有力な容疑者として、被害者の異母弟古垣欣二郎の行方を捜索している。欣二郎は二十九歳。一種の無頼漢で、なまけ者で、以前運送会社につとめていたときに、傷害事件をおこして馘になったという前科がある。その後異母兄古垣常太郎が彼を入社させたが、女事務員遠藤滝子をめぐって三角関係があったらしく、昨年十二月ごろ古垣は欣二郎を馘首《かくしゆ》した。その後の欣二郎の住所、職業等不明である。

察するに欣二郎はかねに困り、以前つとめていた新聞社に侵入、窃盗を企てたが、古垣常太郎がたまたま深夜まで仕事のため在社していたので、口論格闘の末、刺殺したものであろう。金品は掠奪された形跡は無い。凶器の千枚通しは犯人の物ではなく、新聞社の事務用品である。……

警視庁からのこの程度の発表では、古垣殺害事件のうらに政治的陰謀があると推定すべきものは出て来なかった。しかし神谷直吉はまだ疑っていた。犯人はなお逃亡中であって逮捕されてはいない。したがって指名手配中の古垣欣二郎が真犯人かどうかもきまってはいない。捜査も発表もすべて警視庁だけがやっている。その警視庁に政治的な圧力がかかっていないとは言えない。真相はひたかくしにかくされているかも知れないと、彼は思っていた。

三日ののち、古垣欣二郎は群馬県前橋の友人宅で逮捕され、警視庁に連行された。そして警察当局の発表によると犯行を自白したというのだった。犯人の語るところによると、

（常太郎は私の兄ですけれど、冷酷で打算的な嫌な男でした。女のことで私は何度も兄と喧嘩をしたことがあります。退職した時にも退職金も満足にもらっていません。そういうけちな男でした。……あの晩、私はあちこちに借金ができて困っていたので、兄に会って話をつけようと思い、新聞社へ行きました。兄が遅くまで仕事をしていることは、前以て電話をかけて、解っていました。電話で交渉しましたが埒《らち》があかないので、乗り込んで行きました。大体午前零

時ごろだったと思います。兄は原稿を書いていましたが、私を見るといきなり怒りだしたので、喧嘩になりました。私は殺す気はありませんでしたが、前々からの恨みがあったので、筆立てにはいっていた千枚通しを見つけると、夢中で何回も刺しました。兄が倒れたのを見て、これは大変なことをしてしまったと思い、すぐ外に出てタクシーを拾い、原宿の近処まで行き、朝まで明治神宮の森の茂みにかくれていました……）

警視庁が発表したところでは、政治的陰謀らしい匂いはどこにも無かった。けれども一部の者は、欣二郎を買収した者があるに違いないという推察をしていた。個人的な怨恨のように見せかけているが、実は巧妙な政治的暗殺であるに違いない。……けれども神谷直吉には、そうした推察の裏付けとなるような確証をつかむ方法はなかった。

三月はじめの春めいた快晴の日、入院中の寺田前総理大臣は危篤におちいった。脳の奥の方に発見された悪性の腫瘍は、その部位の関係から摘出は不能とされ、抗癌《こうがん》物質その他の療法も顕著な効果を示さず、徐々に成長して付近の脳の各部を圧迫し、種々の機能障害をおこしていたが、この朝から次第に呼吸困難におちいっていた。

政府の首脳部、党の幹部役員たちは、急を聞いて次々と病院にかけつけたが、前総理は見舞の人々を識別することさえ、もはや困難であった。

病室の隣の部屋には寺田氏が健在で権勢をふるった頃、彼の側近であった人たち、星野康雄や大川吉太郎やその他の政治家連中にまじって、財界の巨頭連中も顔を見せていた。竹田建設の朝倉専務もちょっと挨拶に来てすぐに帰って行った。

その夜八時二十分、寺田前総理は永眠した。昨年五月、酒井和明と総裁を争った時からかぞえて僅かに九カ月。病気のために政界の現役をしりぞいてから五カ月にも満たなかった。宮中からお見舞の葡萄酒が下賜されたのは、彼が息を引き取るより二分まえだった。

民政党はこの前総理に、党葬を以てその功績に報いることとした。三月十一日、築地本願寺において、葬儀は最も厳粛にかつ華麗にとり行われた。党員、与野党をふくめての国会議員、財界の巨頭たち、言論界、官界の首脳部等、会葬者の数は五千を越え、告別式の焼香者の列は三時間もつづいた。

葬儀に当って寺田氏には、勲一等旭日《きょくじつ》大綬章が贈られ、宮中からは弔問の御使いがさしつかわされ、一対の生花が下賜せられた。彼は死して、人民として最高の栄誉に輝いた。葬儀委員長酒井和明総理は、正装して柩《ひつぎ》のまえにすすみ、静かな声で弔辞をささげた。それは故人の人徳をたたえ、政治上の勲功をたたえる讃辞にみちていた。

(寺田君は資性醇厚《じゅんこう》、謹厳にして且つ誠実……国政の衝に当るや、一身の事を忘れて国事に奔走し、一日も怠るなし。……その高邁《こうまい》なる識見とその豊富なる経綸《けいりん》とをもって、常に国家百年の計を勘案し……わが国産業発展に寄与するところ、まことに多大にして、内外共に君の業績に対して讃歎の声を惜しまず……また夙《つと》に民生の安定にふかく心を致し、ために衆望おのずから一身にあつまり……列国の間に伍してわが国の声望を高め、国際社会における地位を確立し……真に得難き政客として仰ぎ見る程の大人格であったことは、万人ひとしくこれを認めるところ……)

しかしながら寺田氏の政治家としての欠点や失策、権勢慾や物慾、名誉慾や陰謀など、彼の持っていた数々のきたなさを誰よりもよく知っていたのは、葬儀委員長酒井和明総理にほかならなかった。彼は永年の競争相手であり政敵であった。したがって彼の弔辞は、彼の内心の評価とはかなり違った美辞麗句によって修飾されていた。

正面の祭壇にむかって左側には党の幹部連中がずらりと顔をならべていた。その中には星野康雄や大川吉太郎など、F—川ダム問題に関係した人々もおり、右側の遺族席の一番まえには(首相夫人の名刺)として問題になった寺田夫人が、黒の喪服に小肥りの躰をつつみ、数珠を手にかけて静かに頭を垂れていた。酒井総理の弔辞がどれほどの美辞麗句によって綴られていようとも、これらの人たちはその弔文の虚偽を知りつくしていた。この人たちばかりではなく、恐らくは与党の国会議員すべてが、政権をめぐって暗躍した寺田氏の醜い行為や画策のすべてを知っていた。彼等のうちの過半数は、総裁選挙にあたって寺田氏から何十万円のかねを貰って買収された人たち、(同じ穴の狢《むじな》)たちだった。

財界、業界の弔問者にまじって、電力建設の若松副総裁もいたし、竹田建設の朝倉専務もいた。寺田氏の政治的な名声のかげで行われた数々の醜悪な行為を知っている者は、少なくなかった。しかし誰もその事を口にする者はなかった。死者に対する礼儀ということばかりでなく、それは言わないことになっていた。言えば、お互いに傷つく。他人の弱点は自分の弱点でもあった。だからお互いに、口を拭って知らぬ顔をしているのが一番賢明だった。

庶民は何も知らない。表面にあらわれた寺田前総理の位階勲等や、人々の讃辞や、哀悼の言葉などを真に受けて、この金色の栄光に包まれた政治家の死を、正直にかなしむのだ。そして彼がどれほど大きな罪を犯し、いかにしてその罪をまぬがれて来たかということは、誰も知らない。

孤独な代議士神谷直吉は今日もまた二人のボディ・ガードを連れて、縞のズボンに縞のネクタイを結び、謹直な顔をして党員の末席に立っていた。彼はいま、(敵に逃げられた)ような一種の失望を感じていた。決算委員会における、F——川問題についての彼の追及は、窮極のところ寺田前総理の罪悪を糾明してやろうということであった。ところが相手は神谷の追及の終らないうちに死んでしまった。彼は死によって罪からのがれたのだ。

すでに昨年の秋、秘書官西尾貞一郎が奇怪な死を遂げている。つい数日まえ、政治新聞の古垣常太郎が殺されている。警視庁は個人的な怨恨として取り扱っているが、神谷直吉の疑いはまだ残っていた。そしていままた寺田前総理は病死し、怪人物石原参吉は留置場につながれたまま、(二度と娑婆の風に当ることはあるまい)と、消息通のあいだで噂されている。F——川事件は多くの犠牲者を出した。しかし西尾貞一郎の妻も古垣常太郎の家族も、彼等の不幸のそもそもの発端が、この名声高き政治家寺田氏の権勢慾から出たものであることは、知らなかっただろう。

官庁関係や財界方面の、多数の焼香者の群れにまじって、政治とは直接に何の関係もなさそうな人たち、杖をついた老人、古びた背広服のつとめ人、芸者らしい女たち、商人、大学生、女子高校生のような人々の小集団が、次から次へと祭壇のまえに進んで行き、頭を垂れてひとつまみの香を投じて行くのだった。祭壇は香のけむりに包まれ、寺田前総理の黒いリボンをかけた大きな写真は、煙の向うでかすかに微笑んでいるように見えた。これらの焼香者たちは、ただ寺田氏の政治家としての名声や栄誉を単純に尊敬して、正直な心でこの人の死を悼んでいるのだった。庶民は何も知らない。庶民は何も知らずに、政権を握った野心家たちの指導方針にしたがって、苦労しながら生きているのだった。彼等が苦労して納入した税金の中から五億という巨額のかねが、不思議なからくりを経て、寺田氏個人の選挙資金に盗用されてしまったことを、庶民は誰も知らない。彼等は襟を正して寺田氏の（霊前）にぬかずく。死して後までも寺田前総理は、庶民をごまかし通したのだった。……

予想通りの解決

古垣常太郎殺害事件を、神谷直吉はどこまでも暗殺事件と考えていた。その事件に関する警視庁の発表を、彼は信じなかった。もしも本当に政治的な意味をもった暗殺であることが判明すれば、これは昭和の怪事件として世間に宣伝されるに違いない。彼は自分で調査してみようと思った。彼の予想しているような真相が暴露されれば、現内閣は崩壊するに違いない。……それが彼の野心をあおるのだった。

日本政治新聞社は古垣社長が死ぬと同時に、自然消滅のようにして潰れていた。誰があと始末をするのかも解らない。神谷は女事務員遠藤滝子の住所を探して、代々木にちかい小さなアパートを訪ね当てた。この時も車の中にはボディ・ガード二人がついていた。

アパートは四畳半・二畳という狭く汚ない部屋で、滝子はパジャマの上に羽織を引っかけて応対に出てきた。鏡にむかって化粧をしていたらしかった。

二人は初対面だった。神谷が自己紹介をして、古垣の事について少し話を聞きたいというと、滝子は困った顔をして、

「わたし今から就職のことで、出かけなくてはならないんです」と言った。眼のふちを青く塗

って、唇を真赤にしていた。言葉つきの鈍い、はっきりしない女だった。

午後五時だった。こんな時間から就職のために出かけるというのは、飲食店か酒場のようなつとめではないかと思われた。神谷は女に見えるようにして、一万円の紙幣を二枚鼻紙に包んで手渡し、時間はとらせないから少しつきあってくれるように頼んだ。そして女を外に連れ出し、新宿の裏街の小料理屋の二階にあがった。ボディ・ガード二人は隣の部屋で食事をしながら待ってもらうことにした。

神谷は滝子に親切だった。親切を押し売りして、女から本当のことを聞き出そうという計算だった。彼は女の好きそうな料理をいく品も勝手に註文し、ビールをすすめ、

「あんたは新聞社がつぶれて困るだろう。迷惑なはなしだな。私は古垣とは永いつきあいでなあ。気の毒なことをしたよ。だがね、私はどうもね、あれは何か裏があると思っているんだよ、弟の欣二郎君というのは少々手に負えない男だったらしいな。しかし兄貴を殺さなくてはならんような理由は無かったと思うが、どうだね」と言ってみた。

滝子はオーバーを脱ぐと真赤な洋服だった。その服のために彼女は一層知能の低い女に見えた。若くて瑞々《みずみず》しい躰つきをしていた。それが三角関係の原因になった躰だった。

「わたし、なんにも知らないわ。どうしたんだか解らないんです」

「ふむ……しかし君は前に、欣二郎君とは愛情関係があったそうじゃないか」

「ええ、まあね……」

「彼は社をやめてから何をしていたんだ」

「前に運送会社にいたでしょう。だからトラックの運転をやっていました」

「君はときどき会っていたのかね」

「ときどきね」

「そこでだよ。欣二郎君は誰かにかねを貰ったり、何か頼まれたりというようなことは無かったかね」

「知りません」

「たとえば右翼の青年だとか、どこかの顔役みたいな男から、かねを貰っていなかったかね」

「そんなことないと思うわ。だっていつもおかねが無くて、会うたびにわたし、お小遣を取られていたんです。私もおかねなんか無いでしょう。ですからあんまり度々は会えなかったんです」

「そうすると、欣二郎君が夜なかに古垣の新聞社へ行ったのは、かねをゆする為かね」

「そうだと思います」

「しかしだよ、欣二郎君は古垣を殺してから、何も盗らないで逃げたらしいじゃないか」

「恨みもあったのね」

「何の恨みだ」

「いろいろよ。永いあいだの恨みですわ」

「あんたのことか」

「それもあったと思います」

「あんたは本当は、二人のうちのどっちが好きだった?」

「社長さんは家庭があるんですよ。問題にならないわ。だけど欣二郎さんは飲んでばかりいて、ちっとも頼りにならないんです」

どこまでこの女と話していても、神谷は何の手がかりをもつかめなかった。

「社長のところへ、ちかごろ誰か脅迫に来たとか、脅迫の手紙が来たとか、そういう事は無かったかね」

「知りません。そんなこと、無いでしょう」

「何かちかごろ、社長の様子がおかしいとか、前と変っていたとかいうようなことは……?」

「いいえ、別に……」

「私はどうも欣二郎君は誰かに頼まれてやったように思うんだが、あんたはそんな風な心当りは無いかね」

「心当りって、何も有りませんわ」

「欣二郎君の友達というと、どんな人たちか、あんた知ってるかね。飲み友達とか遊び仲間とか……」

「誰も知らないわ。あんまりお友達なんか無かったみたい……」

何を聞いてみても、まるで手がかりが無かった。神谷はこの女をあきらめた。そして、あしたでも警視庁詰の新聞記者たちに会って、彼等のはなしでも聞いてみようかと考えていた。また、決算委員会に警視庁の捜査担当者を参考人に呼び出して、追及してみてもいいと思ったりしていた。

その夜九時をすぎてから神谷が帰宅してみると、いつも議員会館に詰めている彼の秘書から伝言が来ていた。相手は民政党の幹事長斎藤荘造で、用件は（明朝九時に党本部で会いたい。ぜひ都合をしてお出かけ願いたい）ということであった。

その伝言のメモを見ながら神谷直吉は、F——川ダム不正事件ももうこれから先はあまり追及できなくなったようだと思った。重要な証人の古垣は殺され無数の資料を持っていた石原参吉は逮捕され、その資料は多分没収されてしまった。あとはいくら決算委員会で追及してみても、あれもこれも証拠不充分であったり、考え方の相違にすぎないようなことになったりで、決定的な結論が出せそうにもない。どこかで上手に矛をおさめなくてはなるまいという気がしていた。

あくる朝、神谷直吉はわざと十分ばかり遅れて、党本部へ行った。玄関の受付の老人が彼を見ると、

「神谷先生、幹事長がお待ちです」と言った。

どうせ話というのは、F——川問題を追及するのをやめろということだろうと、彼は予想して

いた。石原参吉が自由なからだであれば、数日前のある夜、赤坂の料亭春友で、幹事長と星野康雄と大川吉太郎と、それに竹田建設の朝倉専務の、四者があつまって密談を交わしたという消息が、神谷に伝えられていたかも知れない。それが解っておれば前以て、神谷は対策を立てることが出来る筈であった。

幹事長は自分の部屋でテレビを見ていた。労働組合の春季闘争がはじまっていた。石炭業界の不況と生活物資の騰貴、それに公共料金の値上げが重なって、今年の春闘は例年よりも一層はげしいと言われていた。

二人のボディ・ガードを廊下に残しておいて神谷がはいって行くと、斎藤荘造は大きな肩をかたむけてのそっと立ちあがった。気性のはげしい、一徹な、意志が強いというよりは意地っ張りな、それだけに敵も多いが、味方からは信頼されているという男だった。

「早くから呼び出して、済まんな。まあ坐ってくれ」と彼は太い声で言った。「どうだね、コーヒーでも飲むか」

「有難う。コーヒーも結構だが、九時半から決算委員会に出なくてはならんのだよ。あまり時間が無いんでね」

神谷はわざと決算委員会のことを言った。相手をいらいらさせる為だった。あの問題については（まだまだやるぞ）というジェスチュアでもあった。

「いや、大丈夫だ。君が行かない限り決算委員会は開けないだろう。待たせて置いてもいいよ」と言って斎藤は狡く笑った。「……とにかく君は相当あばれたらしいじゃないか。どうだね。もうあの位で充分だろう」

「冗談じゃないよ。今までは予備審査の段階だ。これから本番じゃないか」

「そうかね。それゃ結構だ」と相手は軽く受け流した。神谷と争う気は無いらしかった。もっと狡猾で、もっと策略のある男だった。太い鼻柱の両側に頬の肉が盛りあがっていて、あから顔をした一種の巨漢だった。

「ところでな、神谷君にひとつ重大な頼みがあるんだ。是れはぜひ聞いてもらいたい」

「頼み……？……誰からの頼みだ。幹事長個人か」

「いや、俺じゃない。党が君に頼むんだ」

「はてな。党から物をたのまれたことなんか、これまでに一度も無いよ。要するに何だね」

「そう……まあ、ひと口に言うと、君に勉強をして来てもらいたいんだ」

「ふん？……お前は馬鹿だから、もっと勉強しろというのかね」

「そんなことは言いはしない。外国の政治状勢を勉強してもらいたいんだ」

「外国だ？……外国って、どこだ」

「俺がいま考えているのはアメリカとアルゼンチンだがね。アルゼンチンはこのまえ軍部のクー・デ・ターがあって、その後の政情がちょっと面白いらしい。まあ、君がどこかもっと他の国をしらべたいという希望でもあれば、それは君の意志にまかせてもいいんだ」

「わからんな」と神谷直吉は煙草をくわえて、図太い言い方をした。「一体なにを調べるんだね。政情と云っても範囲はひろいだろう。法律、経済、社会、教育……何だ」

「何でもいいよ。君の好きなものを調べてくれ」

「この話はちょっとおかしいな。幹事長は本当のことを言っていないね。おれに何をさせようと言うんだ」

斎藤は天井を向いてうつろな笑い方をした。

「別におかしい話じゃないんだ。君はもう四、五年も外国へ行っていないだろう」

「そんなことは何でもない。調査団はおれのほかに、誰と誰を予定しているんだね」

「君ひとりさ。秘書か通訳かを連れて行くのは君の自由だがね。それとも女秘書がいいかな」

「それは何だ。党の命令か」

「命令じゃない。命令じゃないが、党の依嘱だね」

「すると、政情を調査して、報告書でも出すのか」

「それも君の自由だ。何かまとまった調査ができたら報告書を出してくれたまえ。そうすればみんなの勉強にもなる」

「出さなくっても宜いのかい」

「かまわないよ」

「旅費滞在費は党が出すのかね」

「もちろんだ。旅行の期間は一ヵ月でも三ヵ月でも君の勝手だ」

「費用はいくらくれる?」

「二千万円……」と幹事長は言った。

神谷直吉はそれを聞いて万事を諒解した。斎藤の言うような、そんなあやふやな海外旅行に一人の党員を派遣して、そのために二千万円という大金を党が支給する道理はないのだ。多分これは幹事長の策略であろう。彼は神谷直吉をしばらくのあいだ国会から遠ざけて置きたいのだ。その目的は、言われなくても解っている。彼は二千万円で神谷を買収するつもりらしかった。そして恐らく、そのかねは党から出るのではなくて、竹田建設から出されるものだろう。

「行ってみたいがね……」と神谷は狡く笑った。「政状視察はわるくない。しかしなあ幹事長、いまは国会があるんだから、休会になってから出かけてもいいだろう。おれはいま委員会でちょっと重要な仕事をやりかけているんでね」

「いや、それは困る」と斎藤はきっぱりと言った。「出来るだけ早く出発してもらいたいんだ」

「はてな?……報告書は出しても出さなくてもいいが、しかし早く出発しろというのは君、筋が通らんようだね」

「神谷君、こういう話はね、筋だの辻褄《つじつま》だのと言って、ほじくり返しては駄目なんだ。いいかい、以心伝心だ。言葉はどうでもいい。君だって本当のところは解ってるだろう。解ったらおれの苦心も察してくれて、あっさり引き受けてくれるもんだ。吾々は学者じゃないんだ。政治家だからね。政治的に問題を解決しようじゃないか。

君がいま委員会でやっている質問の内容は、よく知っている。問題はなくはない。問題はあるさ、しかしいつの時代でも、どこの国でも、政治家というものは無理算段をやってるんだ。すらすらと立派な政治がやれたら、政治家なんて楽なもんだ。それが出来ないから、四方八方で無理なことをやるんだよ。そいつをほじくり出して追及するのは野党のやることで、君みたいな政府与党がやってくれては困るんだ。与党はみんなでかばいあって、あんまりぼろを出さないようにして、仕事を進めて行くんだよ。

汚職なんていうものはね、民衆は騒ぎ立てるけれども、要するにかねだ。かねなんて、それこそ天下の廻りものでね。またどこかに流れて行ってしまう。つまり汚職のかねも、政治をなめらかに動かすための潤滑油じゃないか。政治家がもしも一切の汚職をやらなくなったら、その時は君、政治もぎくしゃくして、すらすらとは行かなくなる。……こう言ってしまっては汚職をすすめるみたいになるが、そういう意味ではない。或る程度、やむを得ざる時は、大目に見てくれと、おれはそう言ってるんだよ君」

「ばかに話がわかるじゃないか」と神谷直吉はうす笑いしながら言った。

斎藤幹事長はそれには取りあわないで、

「パスポートは党から外務省に申請して、直ぐに下りるように手配しておく。休暇の申請も君の名前で議長の方へ出しておく。だから君はなるべく早く支度をして、出かけるようにしてくれないか」

「党のためなら仕方がないか……」と彼は言って、わざとらしい高笑いをした。

実は、F—川問題をこれ以上追及しても、あまり大きな結果は期待できないだろうという見透しを、彼は持っていた。何よりも彼を失望させたのは、彼の質問を新聞がほとんど一行も書いてくれないことだった。つまり世論の支持が無かったのだ。報道機関が世間に伝え、世間の人心を刺戟し、世間の人々の良心に火をつけない限り、政界汚職もなにもすべて黙殺されてしまい、日ごと日ごとに忘れられて行く。神谷直吉の重大な質問は、ただ決算委員会のなかでのひとり芝居となり、空廻りしているばかりだった。という計算ちがいに気がつき、新聞記者のあいだに彼に対する支持が全くないことを知って、神谷は今を妥協の潮どきと思ったのだった。

幹事長は立って、自分の事務机のひきだしから白い封筒をとり出し、神谷の前に置いた。そして、

「受取りも何も要らない。君と俺との紳士協約だ。これ以上手を焼かさんでくれ」と言った。

封筒の中には二千万円の小切手が一枚だけはいっていた。振出人は竹田建設株式会社である。

神谷はそれを当りまえのような顔をして内ポケットに入れた。一つの汚職が派生的に、もう一つの汚職を産んだのだった。

「ところで幹事長、どうするかな。今からおれは決算委員会に出てもいいか」

「いや、出ない方がいいな。早川君には俺から伝えておく。だから、何とかうまくやってく

れ」

「わかった。……じゃ、帰って旅行の支度でもしよう」そう言って神谷は笑った。「パスポートはあした受け取れるように頼む」

話は終った。結局は斎藤幹事長の小さな芝居でもって、神谷直吉に事件終結の潮時をこしらえてやったようなものだった。彼は外国の政情調査費という名目で、二千万円を受け取った。名目だけから言えば汚職でも何でもない。したがって神谷の名誉が傷つけられることもなく、星野も大川も竹田建設も、死んだ寺田前総理も、すべて彼等の悪名を天下に晒すようなことなしに済んだ。

その日の決算委員会は予定よりすこし遅れて、十時十二分に開会した。早川委員長は最初に、例の棒読みのような口調で議場に報告した。

「前回に引きつづき質疑の予定でありました神谷直吉君は、已むを得ざる一身上の御都合により欠席の通知が出されておりますので、神谷君の質疑は保留といたしまして、次に同じく質疑の通告が出されておりますので、これを許可いたします。……吉野進太郎君」

委員も傍聴者たちも、神谷直吉の（やむを得ざる一身上の都合）とは何であろうかと、ふと疑いを感じた。しかし次の吉野進太郎委員の質問がはじまると、その方に気をとられて、神谷のことはすぐに忘れられた。……

委員会をすっぽかした神谷直吉は、二人のボディ・ガードを連れて銀座の方へ廻り、交通公社の旅行案内所に立ち寄って、さてどこへ行ったものだろうかと考えながら、壁に貼ってある大きな世界地図を漠然と眺めていた。

庶民は何も知らない

九州の山のなか、F—川の上流の工事現場では、ようやく春を迎えて本格的な仕事がはじまっていた。秋から冬にかけては付帯工事、橋をかけたり道路をひろげたり、隧道《ずいどう》をつくったりするような準備の段階であったが、三月にはいってからはいよいよ堰堤《えんてい》工事にとりかかるところまで来ていた。

黄色く塗った起重機、ブルドーザー、二十噸積みのダンプカーが続々とはいり込み、さらに鑿岩機《さくがんき》、発電機が送りこまれ、大量の鉄材とドラム罐《かん》とが谷沿いの坂道を危うげに輸送されて行った。

山の傾斜地を削って宿舎が建ち、建設事務所が建ち、飯場が立ち、電話線と電燈線がひかれ、そこに速成の村落ができた。木々の茂みは伐《き》り倒され、一日じゅうそのあたりから白い煙が立ちのぼり、機械の騒音がこの閑寂な山奥にとどろきわたるようになった。山の傾斜の至るところに、赤い小旗や白い小旗が立てられ、時おり空にひびき谷に反響して、ハッパが炸裂し巌《いわお》が崩れ落ちた。
ロックフィル・ダムの築造される場所は、まず川の流れを別に造った水路にみちびき、川床を露出させておいて、岩盤まで掘り下げなくてはならない。その上に岩を積み土を積みコンクリートを流して、ダムの本体を築き上げる。……そのための排水工事という仕事がこれからはじまるところだった。

水没地区の住民の大部分は立ちのき、そのあとには住む人のなくなった農家や物置きや車井戸や牛小舎などが、置き去りにされて朽ちかかっていた。堂島鉱業の事務所や選鉱場も閉鎖されたまま荒れ果てていた。鉱山の補償金はまだ一円も支払われてはいない。会社の損失、株主の損害も少なくない。会社はこの二月、電力建設株式会社を相手取って正式に訴訟を提起していた。いずれ近いうちに、電力建設と堂島鉱業とは法廷で対決しなくてはならないのだった。

しかしながら、その事とは別に、あと一年半か二年ののちには、この場所に巨大なダムが完成し、やがて降雨のたびごとに山々から流れ落ちた谷川の水がこのダムにたたえられ、満ちあふれて、急流のように水路を走り、五十五メートルの落差を得て発電所に落ちて行く。そして三十万キロの電力を九州の工業地帯と商業地区とに送りこむことになる筈であった。

政治家がどんな風に悪辣《あくらつ》な汚職をやろうと、建設業者がどんなに巧妙に贈賄をやろうと、ダムの工事と発電所工事とが終ってしまえば、そんな事とは関係なく三十万キロの電力は実質的に社会に役立ち、何十年にわたってその恩恵は社会をうるおして行くに違いない。一般の民衆にとってはこの事実だけが眼に見えて、政治家や建設業者の悪業は眼に見えない。したがって大建設事業完成の栄誉は、それに関係した政治家と、工事を実施した業者とに与えられる。彼等は巨大な汚職をはたらきながら、しかも民衆からは栄誉のみを与えられるのだった。民衆からばかりではない。彼等はやがて勲何等という勲章を贈られ、その生涯を終ったときには（かしこきあたり）から香り高い弔花をすらも贈られるだろう。彼等は法律を超越しているようであった。彼等は刑法の適用を受けない人種のようであった。刑法とはまるで、かよわき民衆のためにのみあるもののようであった。寺田前総理大臣がまさにその実例であった。彼の死は栄光に満ち、彼の悪業は誰ひとり追及しようとする人もなかった。


三月某日、午後一時より衆議院本会議開催。

浜村議長は冒頭に、例の朗読口調で議場に報告した。

「……次に、議員神谷直吉君より海外諸国の政情調査旅行のために、向う一ヵ月間の賜暇を請求されております。依ってこれを許可いたします」

議場のうしろの方は中二階のようになっていて、そこが新聞記者席と傍聴席とになっている。議長の報告を聞いた傍聴者たちは、或るひとりの議員が外国の政治事情調査に出かけるのだと思ったばかりだった。しかし事情を知っている新聞記者席には軽い動揺がおこり、小さな笑い声がすこしのあいだ続いた。

神谷の野郎め、やっぱりやりやがったよ。

例によって尻切れとんぼだ。

あいつの、いつもの手口だな。

どうせいくらか取ったにきまってるよ。

ひどい代議士だな。

記者たちは小さな声で、そういうことをささやき合っていた。そして、だからこそ彼等がF—川問題に関する決算委員会の神谷の質問について、一行の新聞記事をも書かなかった先見の明を、すこしばかり誇らかに思っていた。

その翌日の夕方、神谷直吉は灰色の軽いコートを着て、羽田飛行場に車を乗りつけて行った。同伴した秘書の青年がひとり、彼の大鞄をぶら下げて旅行のための手続きをしていた。神谷のための見送りはひとりも無かった。彼はいつまでも孤独だった。そしてこの旅行は何となく人眼を忍ぶ旅立ちのようでさえもあった。

とにかく彼は日本にいる訳には行かなかった。国会から賜暇をとり、その名目が外国の政情視察となっているからには、どこかへ行かなくてはならなかった。行く先はどこだって構わないし、政情は視察しなくてもいいのだ。しかし、ともかくも、日本から外へ出なくてはならない。それは彼が受け取った二千万円の旅費に対する義務であった。

斎藤幹事長は神谷を外国へやるという名目で、委員会における神谷の質問を中断させた。巧妙なはからいであった。しかも彼に対する買収費は、海外旅行費という正当らしき名目がついているので、神谷自身を傷つけることもなさそうであった。要するに幹事長は神谷直吉の発言を封じ、短期間ではあるが神谷を海外に追放したのであった。その神谷直吉でさえも、二十年もそれ以上も国会議員をつづけて行けば、やがては勲何等というような位階をさずけられ、一般の民衆からは（偉い人）として扱われるようになる筈だった。人間の栄誉とは、しばしばそのようなものであった。

神谷直吉の持っている旅券は、国会議員のための公用旅券であって、外国の空港でも税関員が敬意をはらうことになっていた。また一般旅行者にあたえられる外貨は五百ドルと限定されていたが、彼の持っている外貨は二千五百ドル（九十万円）の旅費滞在費であった。名目は外国の政治家たちとの交際費、その他となっていた。

これは神谷が受け取った二千万円の、二十分の一にも当らない。しかもその二千万円は所得税も何もかからないかねであった。一般人が正当な収入としてこれを申告すれば、五百万円か六百万円の所得税を支払わなくてはならない。つまり庶民の勤労による正当な収入には重税が課せられ、神谷直吉や石原参吉のような不当な収入には全く課税されていないのだった。

時間が来て、控室で待っている旅行者たちに、搭乗の案内がアナウンスされた。神谷は煙草をすてて立ちあがった。小さな黒革の鞄ひとつしか持っていなかった。彼は実質的には幹事長によって追放される身分であったが、議員の激務をはなれて、気持はのびやかであった。春の宵をむかえた羽田空港には、潮の香をおびたしめった暖かい風がながれていた。

百人以上も乗れる大きな飛行機の横腹から、多勢の旅客にまじって神谷も乗りこんで行った。飛行機の行く先はサンフランシスコである。しかし彼の切符はハワイまでとなっていた。

古垣常太郎を殺害した古垣欣二郎は、警視庁から東京地方検察庁にまわされ、殺人罪として起訴された。新聞はただその事を小さな記事にして報道したばかりだった。検察庁でどのような取りしらべが行われたか、内容はわからないが、事件はただ単純に、痴情関係による殺人事件となっていた。強盗未遂というような罪名はついていなかった。そして政治的陰謀による殺人であろうという世間の疑惑については、ひとことも触れられていなかった。

もうひとりの逮捕されている人物、石原参吉については、検察庁からは何の発表もなかった。新聞記者たちの好奇的な質問に対しては、いつも(取調べ中であります)という返事しか与えられなかった。

彼にはさし当り六人の弁護士がついていた。弁護団は石原参吉の保釈を二度にわたって要求していたが、検察当局はまるで取りあわなかった。理由は、証拠湮滅のおそれがあるということであった。

また弁護団は参吉の事務所から証拠品と称して押収された多数の資料について、返還を請求していた。そのファイルの大部分は単なる事業上の調査資料であって、石原の犯罪容疑とは何等関係あるものではない。これを押収していることは、理由なくして石原の私物を奪っているものであるから、直ちに返却してもらいたいという要求であった。

しかしながらそれらのファイルは、精密にしらべて行くと政界汚職や業界と政界との奇怪なつながりが、みんな解って来るような物が少なくなかった。検察庁はこの危険な（私物）を、返還しようとはしなかった。

新聞記者たちは検察庁から何の情報も得られないので、弁護団から石原参吉に関する情報を嗅ぎ取ろうとした。主任弁護士の添田計造が、主として記者の質問に答えて、こう言った。

「石原参吉氏は健在であります。しかし何分にも相当の年輩でありますので、ときおり医師の診察を受け、健康に気をつけております。いまのところ特定の人のほかは、面会は許されておりません。取調べの無い日はほとんど原稿を書いておられます。原稿の内容については何も聞いておりません。

取調べに対してはほとんど黙秘権を行使して、内容のあることは何も答えていない様子です。検察側もそれで少々困っているようです。石原さんは押収された調査資料を返せ、返さなければ何も言わん、と言って、検察官に抗議しております。また、（余計な取調べなんかやめて、おれを公判にかけろ。法廷に出たら洗いざらいしゃべってやる。おれが知っている事をみんなぶちまけたら、政界財界から何十人という罪人が出るぞ。それでもよかったらおれを公判にかけろ……）そう言っておられます。

検察官もそのために、かなり慎重になりまして、石原さんの取扱いについて、法務省の指示をもとめたりしているのではないかと思われます」

石原参吉が非常な努力をもって集めた彼の調査資料は、その程度には有効であった。検察庁はこの怪人物を軽率には処理し得なかった。しかしながら参吉の資料は、あまりに有効であるために、却って彼の命取りになるかも知れなかった。消息に明るい人々や新聞記者たちの間では、相変らず、(石原参吉は二度と娑婆の風には当れない。彼は獄死させられるのだろう)という噂が流れていた。

四月も終りにちかい某日、寺田前総理大臣の四十九日の法要がおごそかに取り行われた。主催は民政党となっており、酒井現総理以下、党の主だった人たちことごとく集まった。会場は某ホテルの大広間で、来会者は財界、言論界、それに外国使臣もかなり多勢出席していた。会場を華やかにしている者は赤坂、新橋の三、四十人にも達する芸者たちであった。彼女等は政治とは切り離せない存在であるらしかった。

法要の行事のあとは盛大な宴会になった。宴会の途中ごろから、ホテルの窓の外は雨になった。

その雨のなかを、羽田空港に着陸したアメリカの飛行機から、神谷直吉はひとりきりで降りて来た。彼を出迎えたのは、彼の出発を見送った若い秘書だけであった。一カ月の(海外追放)が解けて、彼は帰ってきたのだった。党所属の国会議員はほとんど全員、寺田前総理の法要に集まっているとき、神谷直吉は忘れられたように、全くの孤独だった。

彼はその一カ月間、ずっとハワイで遊んでいた。ふところには二千五百ドル、九十万円も持っていたので、存分に遊ぶことが出来た。政情調査は何ひとつしなかった。彼はただ（ほとぼりのさめる）のを待っているだけでよかったのだ。

神谷が帰国したとき、決算委員会の調査審議はどんどん進んでいた。彼が提起したF——川問題は、もう忘れられていた。そして世間に流布されていた噂も、人々から忘れ去られていた。寺田氏は死し、内閣は変り、時日の経過とともに、あの大きな汚職事件と、それに起因した不正入札事件も、すべて過去のことになっていた。誰も処罰を受けず、誰ひとり、その名誉を失う者もなかった。そして直接の関係者たちは、以前と少しも変らない（金色の栄光）に包まれていた。

けれどもそれだけでは済まない筈であった。政府は国の支払いの正不正を調査するために、会計検査院という機構をつくっている。検査院長は決算委員会に出席して、神谷直吉の質疑をつぶさに聞いているのだ。当然、国庫の経費によって行われている電力建設会社の経理は、検査の対象となる筈であり、不正入札の結果、最高価額を入札した竹田建設に工事を請負わせたことについては、厳しい検査がなくては済まない筈であった。そこから事件は再燃するかも知れない。……

会計検査院検査報告は、その年の八月になって発表された。ところがそれは（電力建設会社総裁あて）となっており、（発電所建設工事請負人の決定について改善の意見を表示）したものに過ぎなかった。

（……しかしながら本件のように、見積書提出後、技術審査のため十日間にわたり見積書をそのまま保管していることは処理の公正を失するおそれがあると認められるので、今後は技術審査を行い、これに合格した業者から見積書を提出させ、直ちに開封してその結果を業者に示し、請負人を決定する取扱いとするよう、検討の要があると認められる）

（……業者の不当に低い金額による受註の結果、契約の内容に適合した工事が為されないことを防止する目的で、制限価額ローア・リミットを設け、これを下廻る見積りは、技術審査に合格したものであっても、無条件で失格することとしておる。しかしながら業者によっては廉価に入手した資材を使用したり、現場付近に仮設備を保有する等の特殊事情も考えられ、かつ予定額も必ずしも完全であるとは言い難いので、本件の如く《予定額マイナス7％》以下で契約しても、充分契約通りの工事が行われる可能性が当然考えられる。依って、本件の場合、ローア・リミットを制定したことは適当とは認められない）

（なお本件制限価額ローア・リミットについては、機密漏えい防止のため、五本のくじを造って、抽選で六・五％から八・五％までの間を決定することとし、七％ときまったものであるが、この際八・五％のくじが引かれたとすれば、それもまた適正妥当な金額と認められるのであるから、本件の如く、七％以下の金額を入札した者を直ちに失格者として排除したことには多くの疑問があり、適当とは認められない）……

　このほか、専門的な技術上の説明がもう少し書かれてはいたが、会計検査院報告はたったそれだけのものだった。最高の金額を入札した竹田建設に工事を請負わせ、そのためにおよそ五億の国費が電力建設会社を通じて浪費されてしまった、その事についての責任を追及するような文言は、一行も見当らなかった。当然その責任を取らなくてはならない筈の松尾総裁は、現になお総裁であり、若松副総裁は依然として副総裁であった。この二人の責任者が会計検査院からのこの勧告書を握りつぶしてしまえば、何もかも終りだった。これでは一体何のための会計検査院であるのか……。

　一般庶民はなにも知らなかった。彼等は営々として働き、その収入から高額の租税を納めていた。文字通り血税と云われるような税金であった。

　それが政治の上層部では、個人的な権勢慾や野心や名誉慾のために濫費されたのだった。しかし彼等は庶民の上に立ち、権力をふるい、そして赫々《かくかく》たる栄誉をあたえられているのだった。

P+D BOOKS ラインアップ

なぎの葉考・しあわせ	野口冨士男	●一会の女性たちとの再訪の旅に出かけた筆者
金環蝕（上）	石川達三	●野望と欲に取り憑かれた人々を描いた問題作
金環蝕（下）	石川達三	●電力会社総裁交代により汚職構図が完成する
孤絶	芹沢光治良	●結核を患った主人公は生の熱情を文学に託す
サムライの末裔	芹沢光治良	●被爆者の人生を辿り仏訳もされた〝魂の告発〟
貝がらと海の音	庄野潤三	●金婚式間近の老夫婦の穏やかな日々を描く

P+D BOOKS ラインアップ

東京セブンローズ（上）　井上ひさし　●戦時下の市井の人々の暮らしを日記風に綴る

東京セブンローズ（下）　井上ひさし　●占領軍による日本語ローマ字化計画があった

天上の花・蕁麻の家　萩原葉子　●萩原朔太郎の娘が描く鮮烈なる代表作２篇

海軍　獅子文六　●「軍神」をモデルに描いた海軍青春群像劇

若い人（上）　石坂洋次郎　●若き男女の三角関係を描いた〝青春文学〟の秀作

若い人（下）　石坂洋次郎　●教師と女学生の愛の軌跡を描いた秀作後篇

P+D BOOKS ラインアップ

終わりからの旅（上）	辻井 喬	●異母兄弟の葛藤を軸に、戦後史を掘り下げた大作
終わりからの旅（下）	辻井 喬	●異母兄弟は「失われた女性」を求める旅へ
ある女の遠景	舟橋聖一	●時空を隔てた三人の女を巡る官能美の世界
怒りの子	高橋たか子	●三人の女性の緊迫した〝心理劇〟は破局の道へ
三つの嶺	新田次郎	●三人の男女を通して登山と愛との関係を描く
硫黄島・あゝ江田島	菊村 到	●不朽の戦争文学「硫黄島」を含む短編集

（お断り）

本書は1966年に新潮社より発刊された単行本『金環蝕』を底本としております。あきらかに間違いと思われるものについては訂正いたしましたが、基本的には底本にしたがっております。また、一部の固有名詞や難読漢字には編集部で振り仮名を振っています。

本文中には土建業者、召使、妾、芸者、妓、娼婦、労務者、部落、人夫、飯場、女中、かこい者、女秘書、女事務員、情婦、土建業界、サーヴィス・ガール、下足番、芸妓、置屋、吃り、知能の低い女などの言葉や人種・身分・職業・身体等に関する表現で、現在からみれば、不当、不適切と思われる箇所がありますが、著者に差別的意図のないこと、時代背景と作品価値とを鑑み、著者が故人でもあるため、原文のままにしております。差別や侮蔑の助長、温存を意図するものでないことをご理解ください。

石川達三（いしかわ たつぞう）
1905年（明治38年）7月2日―1985年（昭和60年）1月31日。享年79。秋田県出身。1935年に『蒼氓』で第1回芥川賞を受賞。代表作に『人間の壁』『青春の蹉跌』など。

P+D BOOKSとは

P+D BOOKS（ピー プラス ディー ブックス）とは
P+Dとはペーパーバックとデジタルの略称です。
後世に受け継がれるべき名作でありながら、現在入手困難となっている作品を、
B6判ペーパーバック書籍と電子書籍を、同時かつ同価格で発売・発信する、
小学館のまったく新しいスタイルのブックレーベルです。

金環蝕（下）

2021年5月18日　初版第1刷発行

著者　石川達三
発行人　飯田昌宏
発行所　株式会社　小学館
〒101-8001
東京都千代田区一ツ橋2-3-1
電話　編集　03-3230-9355
販売　03-5281-3555
印刷所　大日本印刷株式会社
製本所　大日本印刷株式会社
装丁　おおうちおさむ（ナノナノグラフィックス）

ISBN978-4-09-352415-5

P+D BOOKS